ALIAS

Das Komplott

ALIAS

DAS KOMPLOTT

Roman
von Laura Peyton Roberts

Auf Basis der gleichnamigen Fernsehserie
von J. J. Abrams

Aus dem Amerikanischen
von Thomas Ziegler

vgs

Bibliografische Information Der Deutschen Bibliothek
Die Deutsche Bibliothek verzeichnet diese Publikation in der Deutschen Nationalbibliografie; detaillierte Daten sind auch im Internet über http://dnb.ddb.de abrufbar.

Das Buch »Alias. Das Komplott«
entstand nach der gleichnamigen Fernsehserie
ausgestrahlt bei ProSieben.

Erstveröffentlichung bei Bantam Books,
eine Unternehmensgruppe von Random House, New York 2003.
A Bantam Book/May 2003.
Titel der amerikanischen Originalausgabe:
Alias. Sister Spy.

Lektorat: Katharina Tilemann
Produktion: Wolfgang Arntz
Umschlaggestaltung: Sens, Köln
Titelfoto: © Touchstone Television 2004
Satz: Hans Winkens, Wegberg
Printed in Germany
ISBN 3-8025-3274-0

Wenn Sie denken, dass es leicht ist, eine Vollzeit-Collegestudentin im ersten Semester *und* eine Teilzeit-Agentin in der Ausbildung bei der **CIA** zu sein, haben Sie es nie versucht! Mal ganz abgesehen davon, dass mein Boss Wilson die Bedeutung des Wortes *Teilzeit* nicht ganz zu verstehen scheint. Mein Terminplan ist ein Killer. Wenn ich nicht an modernen Überwachungstechniken übe, arbeite ich mit meinen Selbstverteidigungstrainern oder lerne *noch* eine Sprache und fliege um die ganze Welt.

In Ordnung. Dieser Teil ist ziemlich cool.

Und ich weiß, dass das, was ich mache, unglaublich wichtig ist. Ich *glaube* an diesen Job, wie ich noch nie an irgendetwas geglaubt habe.

Aber ich möchte nur einmal einen ganzen Samstag vertrödeln und am Sonntag bis mittags schlafen. Wie ein *normaler* Mensch. Verstehen Sie?

Uups. Das ist mein Pieper. Ich muss los.

KAPITEL 1

»Sie wollen, dass ich *was* mache?«, fragte Sydney Bristow fassungslos. Sie schüttelte den Kopf und lachte ungläubig. »Der war gut, Wilson!«

Reginald Wilson, ihr SD-6-Rekruteur, beugte sich in seinem Ledersessel nach vorn und legte seine Hände auf den langen, polierten Tisch in der Mitte der Op-Tech-Abteilung. »Ich meine es ernst, Sydney.“

»Sie haben mir gerade gesagt, ich soll mich einer Studentinnenverbindung anschließen! Sie *müssen* Witze machen. Stimmt's?«

Wilson schaute sie mit einem bohrenden Blick an, und es war keine Spur von Humor bei ihm zu entdecken.

»Stimmt's?«, wiederholte sie nachdrücklicher. »Ich meine, Sie wollen mir doch nicht weismachen, die Zukunft der freien Welt sei davon abhängig, dass ich bei Höschendiebstählen und Fassbierpartys mitmache.«

»Ich glaube, Höschendiebstähle sind eher eine Sache von Studen*ten*verbindungen«, entgegnete Wilson trocken. »Oder von Sechstklässlern im Ferienlager. Allerdings wird von Ihnen erwartet, dass Sie eine gewisse Begabung für Basteleien, Feierlichkeiten und subtile Spiele an den Tag legen. Offenbar müssen Sie noch einige Recherchen betreiben, bevor Sie an Ihrer ersten Veranstaltung bei Alpha Kappa Chi teilnehmen können.«

Er macht Witze, dachte sie. Er muss welche machen!

Aber Wilson war ein exzellenter Geheimagent – sein Gesicht verriet keine Regung.

»Ich kann mich keiner Studentinnenvereinigung anschließen«, sagte Sydney und bemühte sich, ihre Stimme ruhig klingen zu lassen. »Es sei denn, Sie wollen, dass sich jemand in den Collegecomputer einhackt und die schlechten Noten ändert, die ich bekommen werde. Ich habe diese Mädchen gesehen, wie sie in ihren uniformen Klamotten auf dem Campus herumlaufen. Allein all die Plakate zu lesen, die sie aufhängen, wäre ein Fulltimejob – und ich weiß nicht, wo ich die Zeit hernehmen soll, an so vielen Veranstaltungen teilzunehmen. Es ist, als würden sie in einem alternativen Universum leben, und ich habe in meiner jetzigen Situation einfach keine Zeit für eine dritte Realität. Ich führe bereits zwei Leben, indem ich für Sie arbeite und zugleich versuche, das College zu schaffen.«

Sie hätte hinzufügen können, dass sie keine besonders gute Meinung von Studentenverbindungen hatte, aber dieser Einwand schien ihrer Meinung nach offensichtlich zu sein. Sydneys Lerneifer, ihre distanzierte Persönlichkeit und die Tatsache, dass sie eher eine Außenseiterrolle am College innehatte – alles Eigenschaften, die sie zu einer Vorzugskandidatin bei der Rekrutierung für diese streng geheime Abteilung der CIA gemacht hatten – standen in absolutem Gegensatz zum Lebensstil in solchen Vereinigungen.

»Da haben Sie vielleicht nicht ganz Unrecht«, räumte Wilson ein und rieb sich nachdenklich das kantige Kinn. »Sich vorsichtig in den Schulcomputer einzuhacken, ist sicherlich eine Option. Da ist dieser neue Junge in der Op-Tech, der –«

»Wilson!«, unterbrach Sydney ihn. »Ich *will* mich keiner Studentinnenverbindung anschließen. Ich würde überhaupt nicht zu diesen Mädchen passen! Und für die Jungs aus diesen Vereinigungen habe ich mich noch nie interessiert. Ich bin völlig zufrieden damit, das College-Leben auszukosten, aber wenn Sie jetzt damit anfangen, meine Freizeit zu verplanen –«

»Wer hat denn etwas von Freizeit gesagt? Ich gebe Ihnen Ihren nächsten Auftrag.«

»Mich einer *Studentinnenverbindung* anzuschließen?«

»Sich Alpha Kappa Chi anzuschließen«, korrigierte Wilson sie ungeduldig. »Es würde nichts nutzen, wenn Sie in eine andere einträten.«

Was wird es nutzen, zu dieser zu gehen?, fragte sie sich. Doch sie holte tief Luft und zwang sich, den Einwand zu unterdrücken. Um fair gegenüber Wilson zu sein – sie hatte ihm bisher noch nicht viel Gelegenheit gegeben, das alles genauer zu erklären. Sydneys letzten beiden Missionen in Paris und Schottland waren genau die Art von Einsätzen gewesen, wegen denen sie zu SD-6 gestoßen war – internationale Spionage, bei der es um Leben und Tod ging. Sie konnte sich nicht vorstellen, wie eine Studentinnenvereinigung da hinein passen sollte.

»Warum fangen wir nicht noch einmal von vorne an?«, fragte sie verlegen.

Wilson bedachte sie mit einem strengen Blick. »Aber versuchen Sie diesmal aufzupassen.«

»Okay. Tut mir Leid.« Sie rutschte unruhig auf ihrem Stuhl und hoffte, dass die beiden Agenten, die an dem großen Konferenzraum vorbeigingen, die Zurechtweisung nicht gehört hatten. Sydney hatte sich zwar in den Monaten seit Beginn ihrer Ausbildung einen Ruf als neunzehnjähriges Wunderkind erworben, aber sie war noch keine vollwertige Agentin.

»Wie ich schon sagte«, fuhr Wilson fort, und man merkte ihm an, dass er leicht verärgert war, »will ich, dass Sie sich umgehend Alpha Kappa Chi anschließen. Wir hatten dort eine Agentin, Jen Williams. Unglücklicherweise ist sie vor zwei Wochen gestorben. Der Gerichtsmediziner meint zwar, es war ein Asthmaanfall, aber das glauben wir nicht.«

»Moment«, sagte Sydney und setzte sich wieder aufrecht hin. »Sie denken, jemand hat sie ermordet?«

Wilson nickte. »Jen litt an Asthma, aber sie hatte es seit Jahren unter Kontrolle. Sie wurde erstickt, vermute ich. Vielleicht wurde die Autopsie aufgrund ihrer Krankengeschichte nicht sorgfältig genug durchgeführt.«

»Aber ... aber ...« Sydney versuchte, einen der zahlreichen Gedanken zu formulieren, die ihr durch den Kopf schossen. »Sie denken, sie wurde ermordet, weil sie einer *Studentinnenverbindung* angehörte?«

»Nein. Ich denke, jemand aus der Verbindung hat sie ermordet.«

»Demnach ... wussten sie, dass sie eine Agentin war?«

»Warum hätte man sie sonst töten sollen?«

»Das ergibt keinen Sinn«, überlegte Sydney. »Warum haben Sie sie überhaupt dorthin geschickt? Ich meine, *wer* sind diese Mädchen?«

Wilson rieb sich die Schläfen, offenbar hatte er Kopfschmerzen. »Ich habe sie nicht *hingeschickt*. Als wir Jen rekrutierten, war sie bereits Mitglied von Alpha Kappa Chi. Es war schwierig für sie, in all diesen Funktionen zu arbeiten, aber es war auch eine hervorragende Tarnung. Wer würde schon einem Mädchen aus einer Studentinnenverbindung misstrauen?«

»Ich nicht«, gestand Sydney.

»Genau. Außerdem sind die Alphas eine wohlhabende Verbindung und reisen viel. Jen hat hin und wieder ein paar Aufträge für uns erledigt. Hauptsächlich kleinere Dinge, aber sie stand kurz davor, ihren Abschluss zu machen und eine Vollzeit-Agentin zu werden. Ihr Tod ist ein großer Verlust.«

»Sie war in ihrem letzten Jahr?«, fragte Sydney und wünschte, sie hätte Jen kennen gelernt. Sie hatte nicht einmal gewusst, dass sich an ihrem College eine weitere Mitarbeiterin des SD-6 befand ... und jetzt war das Mädchen tot. Sydney traten plötzlich Tränen in die Augen. »Ich werde herausfinden, wer es getan hat«, schwor sie. »Ich werde diese Studentinnenverbindung so schnell unterwandern, dass sie nicht einmal wissen werden, wie ihnen geschieht.«

Wilson lächelte. »Da ist noch mehr. Alpha Kappa Chi bereitet ihren großen Frühlingstrip nach Hawaii vor, und Jen sollte dort einen Auftrag für uns erledigen – die wichtigste Mission, die wir ihr je gegeben haben. Die werden jetzt Sie übernehmen müssen!«

»Das werde ich. Alles, was Sie wollen.«

Wilson bedachte sie mit einem langen, prüfenden Blick. »Nehmen Sie diese Sache nicht persönlich«, warnte er. »Wer auch immer Jen ermordet hat, ist noch immer dort draußen. Wenn Sie wie der Terminator hineinstürmen, könnte das auch für Sie den Tod bedeuten.«

»Ich werde vorsichtig sein«, versicherte Sydney.

»Seien Sie das. Wir wollen wissen, was Jen wirklich zugestoßen ist – aber nicht, wenn es uns die Mission kostet. Oder eine weitere Agentin.«

Bei der Art, wie Wilson sie ansah, zog sich Sydneys Magen vor Furcht zusammen. Plötzlich kam ihr der Gedanke, sich einer Verbindung anzuschließen, überhaupt nicht mehr witzig vor. Sydney schluckte. »Es könnte auch jemand außerhalb der Studentinnenverbindung gewesen sein.«

»Ich bin für alle Möglichkeiten offen. Aber Jen starb im Alpha-Kappa-Chi-Haus, in ihrem eigenen Bett – und das deutet auf die Tat eines Insiders hin. Seien Sie jede Sekunde vorsichtig, Sydney! Ich kann das gar nicht oft genug betonen.«

Als Sydney auf dem Rückweg zum Wohnheim über den weitläufigen Campus ging, bemerkte sie weder die Sonne, die in dem sich rot färbenden Smogdunst über Los Angeles unterging, noch die Fahrräder und Skateboards, die ihren Weg kreuzten. In ihren Ohren hallten noch Wilsons Warnungen, und vor ihrem inneren Auge tauchte immer wieder die Karte von Süd-Oahu auf, die er ihr gezeigt hatte.

»Die Verbindung wird in Waikiki bleiben«, hatte er erklärt und ihr den Plan am Op-Tech-Monitor gezeigt. »Pearl Harbor liegt hier, nur eine kurze Autofahrt entfernt. Sie werden natürlich den Großteil Ihrer Ausrüstung auf die Insel mitnehmen müssen.«

»Natürlich«, hatte sie, noch immer völlig durcheinander, wiederholt.

Dann gab er ihr einen GPS-Empfänger. Mit diesem über Satelliten gesteuerten, elektronischen Navigationsgerät war es möglich, sich zu jedem Ort auf dem Globus exakt hinleiten zu lassen. Es sah aus wie eine Fernbedienung mit einem kleinen, quadratischen LCD-Bildschirm.

»Das Gerät ist wasserdicht«, sagte er. »Die Koordinaten Ihres Auftrags sind bereits eingegeben worden. Machen Sie sich mit dem GPS vertraut, und was auch immer Sie tun, verlieren Sie es nicht.«

»Keine Sorge.«

Während Sydney über den Campus ging, griff sie nach hinten und betastete die kleine Beule, die das Gerät in den Stoff ihres Rucksacks drückte.

»Ist alles klar?«, hatte Wilson sie nach ihrem Gespräch abschließend gefragt.

»Kristallklar«, hatte sie selbstsicher geantwortet. Aber jetzt, als sie wieder unter normalen Menschen war, konnte Sydney kaum glauben, was er ihr zuvor berichtet hatte.

Ein nukleares Gerät, dachte sie fassungslos. Am Grund von Pearl Harbor. All diese Jahrzehnte ...

»Es handelt sich nicht um ein funktionsfähiges Gerät«, hatte Wilson ihr versichert. »Es ist der Prototyp eines einzigartigen Zündsystems für eine Atombombe. Eine Art maßstabsgetreues Modell. Jahrelang hat man angenommen, dass Benjamin Suler, der einzige Wissenschaftler, der an dem Projekt arbeitete, zusammen mit seinem Gerät verschwunden sei. Nur eine Hand voll Eingeweihter haben überhaupt von Suler gewusst, und nach Hiroshima meinten sie, dass die Suche nach dem Prototypen bedeutungslos geworden wäre. Doch sie haben sich geirrt. Seit wir davon hörten, haben wir einen Agenten auf diesen Fall angesetzt, um das Gerät aufzuspüren.«

»Warum?«, fragte Sydney, obwohl sie es sich bereits vorstellen konnte.

»Es ist eine gefährliche Welt, in der wir leben. Und obwohl sich die Technologie seit der Atombombe weiterentwickelt hat, gehen wir davon aus, dass das von Suler entwickelte Zündsystem eine Bombe tödlicher machen würde als jene, die wir damals auf Japan abgeworfen haben. Kleiner, effizienter. Zerstörerischer.«

»*Zerstörerischer?*«, wiederholte sie fassungslos, während vor ihrem geistigen Auge die pilzförmige Wolke über Hiroshima auftauchte. Die Vernichtung, die diese Bombe verursacht hatte, war unvorstellbar! Aber dass es noch *schlimmer* hätte kommen können ...

»Jedenfalls wollen wir nicht, dass dieser Prototyp in die falschen Hände gerät. Die Technologie mag nach heutigem Standard primitiv erscheinen, aber genau das ist ihr Vorteil – das System ist einfach zu bauen. Im besten Fall würde es eine riesige Summe Geldes kosten, das Ding zurückzubekommen. Im schlimmsten Fall –«

»Würden wir es nicht zurückbekommen«, beendete sie den Satz und stellte sich Nuklearbomben in den Schlupfwinkeln von Terroristen und Kriegsherren auf der ganzen Welt vor.

Hinter Wilsons ausdrucksloser Miene hatte sie einen kurzen Moment Besorgnis aufflackern sehen. Doch er fasste sich schnell wieder und lächelte. »Die gute Nachricht ist, dass wir es zuerst gefunden haben. Und direkt vor unserer Nase. Eigentlich ziemlich ironisch.«

Ironisch, dachte Sydney, als sie jetzt durch den Eingang ihres Wohnheims ging. Langsam stieg sie die Treppe hinauf, während sich ihre Gedanken mit dem Chaos eines lang zurückliegenden Krieges beschäftigten.

Bei dem Überraschungsangriff, den die Japaner an jenem Sonntagmorgen im Jahr 1941 auf Pearl Harbor durchgeführt hatten, waren Tausende von US-Soldaten getötet und Schiffe aller Größen versenkt worden. Während der erbitterten Schlacht stürzten sowohl amerikanische als auch japanische Flugzeuge ab, und nachdem das Gemetzel vorbei war, hatte die Wasseroberfläche des Hafens aus einer einzigen schrecklichen, brennenden Masse aus auslaufendem Treibstoff und Leichenteilen bestanden.

Im Lauf der folgenden Kriegsjahre war das Militärmaterial auf dem Grund des trüben, grünen Hafenbeckens nie vollständig katalogisiert worden. Lange Zeit später war über der rostenden Hülle des gesunkenen Schlachtschiffs *Arizona* eine Gedenkstätte errichtet worden. Die ebenso riesige *Utah* lag noch immer in der Nähe. Aber zahlreiche andere Schiffe, Flugzeuge und japanische U-Boote waren gesunken, und obwohl man die meisten schließlich geborgen hatte, war im Lauf der Jahre immer wieder Überraschendes entdeckt worden, während man die verwickelte Geschichte jenes Morgens zu entwirren versucht hatte.

»Als ich davon hörte, konnte ich es zuerst nicht glauben«, hatte Wilson ihr erzählt. »Direkt dort im Hafen. All diese Zeit ...«

Laut Wilsons Nachforschungen hatte Dr. Benjamin Leonard Suler just an dem Tag, als die Japaner angegriffen hatten, heimlich einen Kollegen an Bord einer Jacht, der *Eagle,* in Pearl Harbor besucht. Seine Leiche befand sich wahrscheinlich unter den vielen Hundert, die man nie identifiziert hatte. Eine andere Geschichte war die des Prototypen.

»Er nahm ihn überall mit, wohin er auch ging, in einem speziell angefertigten Koffer aus rostfreiem Stahl. Suler war in dieser Hinsicht wie besessen. Paranoid.« Sydney sah wieder Wilsons intensiven Blick vor sich. »Als die Schlacht begann, muss er darauf bedacht gewesen sein, sein Werk zu retten, es vor dem Feind zu verstecken. Der Prototyp ist auf dem Boot. Er muss dort sein.«

Und dieses Boot lag auf dem Grund von Pearl Harbor. Zumindest war dies Wilsons Theorie, nachdem man mit neuen, streng geheimen Ortungstechniken eine bis dahin unentdeckt gebliebene Masse in dreizehn Metern Wassertiefe aufgespürt hatte. Sydney musste sich also nur im Schutz der Dunkelheit in eine Militärbasis schleichen, zu einem Wrack hinabtauchen, das noch nie jemand gesehen hatte, und einen lunchboxgroßen Koffer finden, der von einem paranoiden Wissenschaftler versteckt worden war.

Ein Kinderspiel, dachte sie sarkastisch, als sie bei ihrem Zimmer angelangt war und die Tür öffnete.

»Da bist du ja!«, empfing sie Francie Calfo und blickte von den Papieren auf, die um sie herum ausgebreitet auf ihrem Bett lagen. Sydneys Freundin und Zimmergenossin trug eine alte Jogginghose und ein Tanktop, ihre schwarzen Haare hatte sie hochgebunden und mit einem Kugelschreiber festgesteckt. »Bitte, *bitte*, rette mich vor all dem Lernen!«

Sydney, durch das drängende Flehen ihrer Freundin zurück in die Gegenwart geholt, musste grinsen. »Es ist Freitag«, erwiderte sie. »Du hast das ganze Wochenende Zeit, das zu erledigen, was du gerade machst.«

»Das ist genau das, was ich hören wollte«, sagte Francie und zog erwartungsvoll ihre Brauen hoch. »Weiter.«

Sydney dachte einen Moment nach. »Ich habe mich entschieden, in eine Studentinnenverbindung einzutreten.«

»*Raus* mit dir!«, wechselte Francie von einem Moment zum nächsten den Tonfall und sprang auf. »Nein, warte«, fügte sie hinzu und hielt abrupt in der Bewegung inne. »Du willst mich bloß aufziehen, oder?«

»Nein, ich meine es total ernst. Mir ist klar geworden, dass ich nicht gerade der geselligste Mensch bin ... aber in einer Verbindung zu sein, ist nicht so, als würde man mit Fremden herumhängen. Man lernt all diese Mädchen richtig gut kennen. Glaubst du nicht, dass es Spaß machen könnte?«

»Aber ... aber ...«, stammelte Francie, zu verblüfft, um einen ganzen Satz zu bilden. »Du *magst* so etwas doch nicht. Zu den Partys der Studentenverbindungen muss ich dich doch immer regelrecht mitzerren.«

»Das stimmt«, gab Sydney zu. »Aber ich will mich ja auch nicht irgendeiner Studentenverbindung anschließen.«

»Das ist alles dasselbe«, beharrte Francie. »Ich meine, ich

versuche ja gar nicht, dir das auszureden. Aber ... warum dieser plötzliche Sinneswandel?«

Sydney zupfte an einer Strähne ihrer braunen Haare und suchte nach einer glaubwürdigen Antwort. »Vermutlich bin ich irgendwie gelangweilt«, sagte sie schließlich. »Von mir, meine ich. Alles, was ich mache, ist arbeiten und lernen und arbeiten und lernen. Dabei bin ich doch auf dem College. Das ist *die* Zeit unseres Lebens ... und ich habe manchmal das Gefühl, sie zu verpassen. Ich will später nicht zurückschauen und es bereuen, einige Dinge nicht getan zu haben. Es ist Zeit für drastische Maßnahmen.«

»Na ... gratuliere«, meinte Francie. »Wenn du drastische Maßnahmen suchst, ist das tatsächlich das Richtige.«

»Du hältst mich für verrückt?«

»Nicht für verrückt. Nur ...« Francie schüttelte den Kopf. Aber dann verzog sich ihr Mund zu einem Lächeln. »Du meinst es wirklich ernst?«

»Ja.«

»Also gut. Und du solltest es auch ernst meinen, denn ich mache mit.«

Sydney unterdrückte ein Stöhnen. Damit hätte sie rechnen müssen. Francie war ein viel offenerer Typ als sie und konnte mit jedem ein Gespräch beginnen, angefangen bei dem süßen Jungen von der Etage drüber bis hin zu völlig Fremden, die mit ihr in der Schlange vor der Essensausgabe warteten. Sie liebte Partys und war meistens die Erste auf der Tanzfläche, selbst wenn sie deswegen mit einem x-beliebigen Kerl als Partner vorlieb nehmen musste. Francie drückte sich auf keiner Veranstaltung mit einem Plastikbecher in der Hand in eine Ecke, was Sydneys bevorzugte Abwehrhaltung war. Francie war die ideale Kandidatin für eine Studentinnenverbindung.

»Dann müssen wir uns jetzt eine Verbindung aussuchen«, erklärte Francie, setzte sich an ihren Schreibtisch und fuhr ihren Laptop hoch. »Einige kenne ich zwar ziemlich gut, aber es ist eine *schwierige* Entscheidung. Jede Vereinigung hat ihren eigenen Charakter. Wir sollten eine Gruppe finden, die perfekt für uns geeignet ist.«

»Ich habe bereits eine ausgesucht.« Sydney streifte ihren Rucksack ab, ließ ihn auf ihr Bett fallen und tat so, als würde sie Francies erstaunten Blick nicht bemerken.

»Einfach so?«, fragte Francie. »Was soll die Eile, ich habe mich noch nicht mal eingeloggt! Du musst dir wenigstens ihre Websites ansehen!«

»Ich gehe zu Alpha Kappa Chi.«

Einen Moment war Francie so perplex, dass ihr nichts einfiel. Dann brach sie in Gelächter aus.

»Na klar«, sagte sie. »Du hast dich entschlossen, deinen Job bei der Bank zu kündigen und sie stattdessen auszurauben.«

SD-6 tarnte sich Außenstehenden gegenüber als Bank, als *Credit Dauphine*, und Francie ging davon aus, dass Sydney dort einen Teilzeitjob als kleine Angestellte hatte. Doch das erklärte nicht, warum sie annahm, dass Sydney ihren Arbeitgeber ausrauben wollte.

»Wovon redest du?«, fragte Sydney und schlüpfte aus der Bluse, die sie im Büro getragen hatte. Als Nächstes folgten ihre Shorts, sodass sie nur noch in Unterwäsche dastand.

»Diese Mädchen sind reich! Alpha Kappa Chi – willst du dich über mich lustig machen? Die anderen Verbindungen nennen sie den ›Geldklub‹.«

»Und, was macht das schon für einen Unterschied? Sie werden mich nicht abweisen, nur weil ich meinen Urlaub nicht in Saint Bart's verbringe.«

»Darauf würde ich nicht wetten«, meinte Francie mit düsterer Miene und tippte eifrig auf der Tastatur ihres Computers. Plötzlich hellte sich ihre Miene auf. »Hier sind ein paar Mädchen, die wir uns ansehen sollten – Sigma Omega. Einige von ihnen sind in meinem Biologiekurs, und sie sind wirklich nett. Sie machen auch viel Wohltätigkeitsarbeit. Erinnerst du dich an diese Abfalleimer überall auf dem Campus zum Sammeln von Aluminiumdosen? Sie verwenden das Geld, um Bücher für ein Kinderheim zu kaufen.«

»Das klingt gut«, räumte Sydney ein, während sie sich ein Handtuch umwickelte. »Aber ich habe meine Entscheidung bereits getroffen.«

»Sag mir nur eins: Warum Alpha Kappa Chi?«

»Ich ... mag ihr Haus.«

Sie wusste, dass das ziemlich oberflächlich klang, aber es war das Beste, was ihr spontan einfiel. Wenn die Mädchen so reich waren, wie Francie behauptete, war es mehr als wahrscheinlich, dass sie ein hübsches Haus hatten. Sydney rechnete schon damit, dass ihre Freundin entsetzt aufbegehrte, aber zu ihrer Überraschung lächelte Francie.

»Sie haben das *beste* Haus. Und ich habe gehört, dass dahinter sogar ein unglaublicher Pool sein soll.«

»Dann ist es entschieden«, nickte Sydney erleichtert. »Alpha Kappa Chi, wir kommen.«

Sie wandte sich zur Dusche.

»So einfach ist das nicht, Syd. Zuerst müssen sie uns aufnehmen.«

»Klar.« Sydney blieb stehen und drehte sich zu ihrer Freundin um. »Wie funktioniert das überhaupt? Weißt du, wie man Mitglied wird?«

»Nun, so schnell geht das nicht. Jeder, der –«

»Nein. Wie können wir *heute* Mitglied werden?«

Francie lehnte sich überrascht zurück. »Ich glaube nicht, dass das möglich ist.«

»Es muss einen Weg geben!« Sydney zeigte auf den Computer. »Sieh nach, was du finden kannst, und wenn ich aus der Dusche komme, werde ich –«

Ein lautes Klopfen an der Tür ließ sie verstummen.

»Wer ist das?«, wunderte sich Sydney und blickte ihre Freundin fragend an.

»Du bist näher dran«, entgegnete Francie und machte keine Anstalten, sich von ihrem Stuhl zu erheben.

Sydney ging zur Tür und öffnete. Vermutlich war es

eines der Mädchen von der Etage. Doch auf dem Flur stand Burke Wells – mit einem ziemlich süßen und erwartungsvollen Lächeln auf dem Gesicht und einem in Cellophan eingewickelten Strauß Gänseblümchen in der Hand.

»Burke!«, rief sie überrascht auf und schlug die Tür schnell wieder zu. Das Blut schoss ihr in die Wangen. Hinter sich vernahm sie ein amüsiertes Lachen.

»Das ist nicht komisch!«, zischte sie ihre Freundin an und zupfte verzweifelt an dem Badetuch, um mehr von ihrer Blöße zu bedecken.

»Au contraire«, sagte Francie immer noch lachend. »Was will er hier?«

Sydney machte die Tür wieder einen Spalt weit auf und spähte hindurch. Der erwartungsvolle Ausdruck auf Burkes Gesicht war verschwunden, dafür war sein Grinsen um so breiter.

»Du siehst nicht so aus, als wärst du schon fertig«, stellte er fest. »Aber ehrlich gesagt, dieses Outfit mit dem Handtuch gefällt mir.« Er zuckte die Schultern und schüttelte seine langen, roten Haare. »Also, was soll's? Ich bin bereit, einen neuen Trend zu setzen, wenn du es auch bist.«

»Es ist nur so, dass ich länger als erwartet arbeiten musste«, versuchte Sydney die Situation zu erklären. »Dann habe ich noch mit Francie geredet und ... ich habe jedes Zeitgefühl verloren.«

Sie hatte nicht den Mut, ihm zu sagen, dass sie außerdem völlig vergessen hatte, dass sie an diesem Abend zusammen ausgehen wollten.

»Es tut mir wahnsinnig Leid, Burke. Aber ich muss wirklich duschen. Wenn du vielleicht warten ... oder woanders hingehen und später zurückkommen könntest ...«

Sie hätte es ihm nicht übel genommen, wenn er verärgert gewesen wäre, aber er drückte ihr einfach die Gänseblümchen in die Hand.

»Hier«, sagte er mit einem ungezwungenen Grinsen. »Stell die auch ins Wasser.«

»Nun, wohin gehen wir?«, fragte Sydney, als sie und Burke aus dem Wohnheim in die warme Luft des Spätfrühlingsabends traten. Sie hatte so schnell geduscht und sich umgezogen, dass ihre zu einem Pferdeschwanz zusammengebundenen Haare noch feucht waren.

»Was? Habe ich jetzt das Kommando?«, meinte er überrascht. »Du bist es gewesen, die mich zu einer Pizza eingeladen hat.«

»Stimmt.« Daran hatte sie in der Hektik gar nicht mehr gedacht. Dabei hatte sie den Ort sorgfältig gewählt. Pizza war die ultimative Verabredung mit Stützrädern. So konnten sie und Burke sich näher kennen lernen, ohne dass durch eine romantische Umgebung gleich zu hohe Erwartungen geweckt wurden. Andererseits, hätte sie sich mit Noah zum Essen verabredet ...

Denk nicht an Noah, mahnte sich Sydney automatisch. Wenn er nicht so ein kalter, verschlossener Idiot wäre, hättest du Burke gar nicht erst angerufen.

Nicht, dass es Noah kümmerte.

Sydney warf Burke von der Seite einen schuldbewussten Blick zu. Er war so nett, so ungezwungen, so ... *normal*. Sie wollte nicht daran denken, dass sie ihn vielleicht benutzte, um Noah zurückzubekommen.

»Was isst du am liebsten auf deiner Pizza?«, fragte sie und ergriff impulsiv seine Hand. »Ich habe die Theorie, dass man die Persönlichkeit eines Menschen daran erkennen kann, was er am liebsten als Belag wählt.«

»Tut mir Leid, dass ich dich enttäuschen muss«, antwortete er, »aber ich mag fast alles.«

»Das enttäuscht mich nicht. Im Gegenteil, es beweist im Grunde nur, dass ich Recht habe.«

»Tatsächlich? Uups!« Er blieb vor ihr stehen und zog sie so nah an sich, dass sich ihre Schultern berührten. »Denkst du jetzt, ich bin unkompliziert?«

Sydneys Puls schlug schneller. Sie roch den Duft auf seiner Haut, der entweder von einem Parfüm stammte oder von irgendeiner exotischen Seife aus einem dieser Naturkostläden, in denen er einkaufte. Dass es auf jeden Fall nicht sein Rasierwasser war, verriet sein Drei-Tage-Bart. Burke blickte sie mit seinen haselnussbraunen Augen an, so klar, so direkt, so offen ...

»Ich weiß nicht, *was* ich von dir halten soll«, stichelte sie, um die Intensität des Moments zu beenden. »Deinem Verhalten nach zu urteilen ist die Wahrscheinlichkeit, dass du verrückt bist, ziemlich hoch. Aber ich werde versuchen, unvoreingenommen zu sein.«

»Ich werde dich überzeugen. Warte nur ab. Sobald du zum ersten Mal bei einer richtig guten Verschwörung angebissen hast, gibt es kein Zurück mehr.«

»Wenn du es sagst, wird es wohl stimmen«, entgegnete Sydney. Bis jetzt hatte er sie allerdings noch nicht davon überzeugen können, dass die *Challenger*-Katastrophe das Ergebnis von Sabotage gewesen sei, oder dass eine Gruppe von Verschwörern innerhalb des Militärs plane, die US-Regierung zu stürzen, oder dass die Schulen das Verhalten der Schüler durch einen ungesunden, hormongewürzten Speiseplan zu kontrollieren versuchten. Aber Sydney fand ihn einfach süß, wenn er sich in diese Theorien hineinsteigerte.

Sie warf ihm erneut einen Blick von der Seite zu.

Hinreißend, korrigierte sie sich.

Die Pizzeria am Rand des Campus war bis zur obersten Etage voll besetzt. Sie mussten ziemlich lange auf einen Tisch warten – und dann noch viel länger auf die Pizza. Sydney wappnete sich insgeheim für die Möglichkeit, dass irgendwann vielleicht eine peinliche Pause in der Unterhaltung eintreten und ihnen der Gesprächsstoff ausgehen könnte – aber das trat nicht ein.

Sie kam vielmehr zu der Überzeugung, dass Burke offenbar nie der Gesprächsstoff ausging.

»Nun erzähl mir von deinem Job bei der Bank«, bat er sie jetzt und schnitt sich ein weiteres Stück Pizza ab. Der geschmolzene Käse dehnte sich zu Fäden, die sich in seinen

Bartstoppeln am Kinn verfingen. Mit einer Handbewegung wischte er sie ab.

»Da gibt es nicht viel zu erzählen«, erwiderte Sydney. »Es ist nur ein Job. Du weißt schon.«

»Aber was *machst* du dort? Tippst du? Archivierst du Akten?« Er zwinkerte ihr verschwörerisch zu. »Oder schicken sie dich hinunter in den Tresor, um all das Geld zu zählen?«

»Ja, genau«, sagte sie grinsend. »Aber eigentlich schicken sie mich nach unten, damit ich Stroh zu Gold spinne.«

»Ich habe von diesen ausländischen Banken gehört«, nickte er jedoch ernst. »Sie horten Gold, um unsere Währung zu unterminieren und Amerika ins Chaos zu stürzen.«

Sydney prustete los vor Lachen. »Okay«, meinte sie, als sie sich wieder gefasst hatte, »ich habe mich entschieden: Du bist *eindeutig* verrückt.«

»Auf eine gute Art, hoffe ich«, zwinkerte er sie an. In dem Kerzenlicht hatten seine Augen einen grünen Schimmer, und sein Gesicht schien Sydney bereits so vertraut, dass sie das Gefühl hatte, schon ewig mit ihm befreundet zu sein.

»Für einen Irren bist du in Ordnung«, grinste sie zurück.

»Dann wirst du mich in der Klapse besuchen?«

»Ich werde mich bemühen.«

Nach dem Essen bestellten sie sich noch ein Eis. Als sie die Pizzeria schließlich verließen, war das Campusgelände fast menschenleer. Burke brachte Sydney zurück zu ihrem Wohnheim.

»Du musst nicht mit nach oben kommen«, meinte sie, als sie angekommen waren, und blieb draußen vor der Lobby im Erdgeschoss stehen. »Erspar dir die Treppe.«

»Das stört mich nicht.«

»Francie wird schon schlafen. Ich würde lieber hier Auf Wiedersehen sagen.«

»Du versuchst nicht nur zu vermeiden, mich zu küssen?«

Sydney klappte die Kinnlade runter. Seine völlige Offenheit hatte sie heute schon mehrfach verblüfft. Mal ganz abgesehen davon, dass er auch noch Recht hatte.

»Nein. Es ist nur ... ich meine ... wir kennen uns noch nicht so gut«, stammelte sie verlegen. »Ich *mag* dich, aber –«

»Gut genug«, unterbrach er und legte seine Arme um sie. »Ohne Zunge. Ich verspreche es.«

Im nächsten Moment spürte sie seine Lippen auf ihrem Mund. Sie waren weich und warm und sanft. Sydney fühlte sich mit einem Mal ganz entspannt. Es war ein seltsam freundlicher erster Kuss, ruhig ... angenehm. Es flogen keine Funken, aber sie fühlte auch keinen Druck.

Nicht wie damals in Paris, als ich Noah geküsst habe, durchfuhr es sie.

Bei der Erinnerung daran löste sie sich von Burke und erwiderte seinen verwirrten Blick mit einem verlegenen Schulterzucken.

»Der Abend hat sehr viel Spaß gemacht«, sagte sie. »Aber ich muss jetzt wirklich nach oben gehen.«

»Sehen wir uns wieder?«, fragte er.

»Natürlich! Auf jeden Fall.«

Doch als Sydney die Treppe hochstieg, musste sie unentwegt an Noah denken. SD-6-Agent Hicks besaß alle schlechten Eigenschaften, die Burke nicht hatte: Er war ungeduldig, arrogant, aufbrausend.

Älter, ehrgeizig, charismatisch. Verschlossen.

Geheimnisvoll.

Als Sydney ihn das erste Mal gesehen hatte, hatte ihr Herz einen regelrechten Sprung gemacht. Und obwohl sie sich während ihrer Paris-Mission fast die ganze Zeit gestritten hatten, war die Nähe zwischen ihnen so offensichtlich gewesen, dass es sinnlos erschienen war, sie zu leugnen.

Aber das, dachte sie, inzwischen klüger geworden, war zweifellos sein Plan.

Denn seit ihrer Rückkehr aus Frankreich war Noah ein anderer Mensch. Sie hatte zwar nicht erwartet, dass er sich ihr in die Arme warf – zumindest nicht bei der Arbeit ... –, aber sie hatte auch nicht damit gerechnet, dass er so tat, als würde er sie kaum kennen. Schlimmer noch, er hatte Wilson sogar auszureden versucht, sie nach Schottland zu schicken und unterstellt, dass sie diese Mission nicht allein bewältigen könnte. Allein die Erinnerung an sein unkollegiales Verhalten ließ ihren Blutdruck in die Höhe schießen. Sein Benehmen war fast genauso empörend gewesen wie sein überheblicher Gesichtsausdruck.

Man sollte ihm diese selbstgefällige Miene wegküssen, dachte sie.

Aber würde sie das wirklich noch immer wollen?

Wem will ich eigentlich etwas vormachen?, gestand sie sich schließlich ein und seufzte, als sie in ihr Zimmer trat. Ich würde Noah sofort wieder küssen.

Das war von allen Dingen das ärgerlichste.

Der Raum war dunkel, und Francie schlief bereits. Sydney schloss leise die Tür, schaltete ihre kleine Nachttischlampe an und drehte sie so, dass das Licht nicht auf ihre Freundin fiel. Auf ihrem eigenen Bett entdeckte sie einen Haufen Papiere. Sie griff nach dem ersten Blatt.

WERDET MITGLIED BEI ALPHA KAPPA CHI!, verkündeten elegant geschwungene Buchstaben, denen entschieden mehr Details über die Verbindung folgten, als Sydney wissen wollte. Sie ließ den Ausdruck auf den Boden fallen und nahm den Stoß Papiere, der daneben lag – eine ausführliche Geschichte von Sigma Omega.

Irgendetwas sagte ihr, dass Francie noch immer nicht so ganz begeistert von Alpha Kappa Chi war.

Sydney seufzte und beförderte auch den Rest der Papiere vom Bett auf den Boden. Dann schaltete sie das Licht aus und kroch unter ihre Decke.

Eine Studentinnenverbindung!, sinnierte sie. Ich fürchte, der Umgang mit einer nuklearen Bombe wird der leichtere Teil sein.

KAPITEL 2

»Ich kann nicht fassen, dass wir wirklich hier sind«, flüsterte Francie aufgeregt. »Es ging alles so schnell.«

»Schnell ist gut.« Sydney versuchte, ihrer Stimme einen selbstsicheren Klang zu geben, während sie über den gewundenen Ziegelsteinweg auf den Eingang des riesigen Verbindungshauses von Alpha Kappa Chi zugingen. Doch im Inneren fühlte sie sich wie ein Mädchen aus der Provinz, das sich auf eine Prominentenparty einschlich. Das alte, zweistöckige Gebäude erinnerte eher an eine spanische Missionsstation als an ein Wohnhaus. Vor der weißen Fassade befand sich eine breite Veranda mit Stucksäulen, und von Rankspalieren, an denen Glyzinen hochwucherten, regneten lavendelfarbene Blütenblätter auf den gepflegten Rasen. Sydney schnippte ein paar Flusen von ihrem schulterfreien, schwarzen Kleid und überprüfte ihre Nylonstrümpfe auf Laufmaschen. »Ich bin bereit, wenn du es bist.«

»So bereit, wie man nur sein kann«, murmelte Francie schwunglos.

Sydney hob ihr Kinn und ging voran.

In den vergangenen drei Tagen, seit sie von Wilson den Auftrag bekommen hatte, war sie zu einer regelrechten Expertin für Studentenverbindungen geworden. Hier, an der Universität von Los Angeles, wurden im Prinzip nur im Herbst neue Mitglieder aufgenommen. Doch gab es im Verlauf des Jahres immer noch zusätzliche Termine, bei denen man sich bewerben konnte. Und manchmal nahm eine Vereinigung bei diesen kleiner gehaltenen Veranstaltungen dann auch ein paar neue Studenten auf. Zufälligerweise – oder hatte Wilson es gewusst? – fand die letzte der diesjährigen Bewerbungseinladungen von Alpha Kappa Chi an diesem Montagabend statt.

Die mächtigen Vordertüren des Hauses standen offen und gaben den Blick frei auf den gewölbten, von Kerzenlicht erhellten Eingang mit seinem Boden aus achteckigen Terrakottafliesen. Rechts führte eine gewundene Holztreppe mit einem aufwändig gestalteten, schwarzen Eisengeländer in das darüber liegende Stockwerk, während auf der Rückseite der Halle riesige Fenster den Blick auf einen prächtigen Pool und den Hinterhof freigaben. Alles war äußerst gepflegt und so ausgeleuchtet, dass es wie das Titelfoto eines Hochglanzmagazins aussah.

»Wow«, entfuhr es Sydney trotz ihrer Entscheidung, sich unbeeindruckt und leicht gelangweilt zu geben.

»Wem sagst du das«, stieß Francie staunend hervor.

»Hör zu, Francie«, flüsterte Sydney. »Der Trick ist, so auszusehen, als würden wir bereits dazugehören. Wir brauchen diese Mädchen nicht – wir *sind* diese Mädchen. Wenn ich also etwas sage, das ein wenig ... erfunden klingt, dann spiel einfach mit, okay? Es ist Teil meiner Bewerbungsstrategie.«

»Deiner *was*?«, fragte Francie und lachte leicht nervös.

Bevor Sydney es ihr genauer erklären konnte, tauchte oben an der Treppe eine atemberaubende Rothaarige auf. Ihre dichte, wallende Mähne reichte bis zum Bund ihrer ausgewaschenen Jeans. Ein knappes rosa T-Shirt enthüllte eine lange, schlanke Taille und betonte das himmelblaue Juwel an ihrem gepiercten Bauchnabel. Als das Mädchen auf sie zukam, bemerkte Sydney, dass ihre Zehennägel ebenfalls blau lackiert waren, und fühlte sich plötzlich viel zu fein angezogen.

»Hi, ich bin Roxy«, stellte die Rothaarige sich vor und streckte eine schmale Hand mit Silberringen an jedem Finger aus. »Willkommen bei Alpha Kappa Chi.«

»Ich freue mich, dich kennen zu lernen«, brachte Sydney hervor, ziemlich verblüfft, aber entschlossen, eine derart günstige Gelegenheit zu nutzen. Denn von der Website wusste sie, dass Roxy Sinclair die Präsidentin der Verbindung war.

»Ich bin Sydney«, fügte sie hastig hinzu und schüttelte Roxys Hand. »Und das ist meine Freundin Francie.«

Roxy gab Francie ebenfalls die Hand, während Sydney sich zu sammeln versuchte. Ihre Recherchen hatten alles bestätigt, was Francie über den snobistischen Ruf von AKC gesagt hatte – und die Einladung zu dieser Bewerbungsparty hatte Cocktailkleidung verlangt. Das Letzte, was Sydney erwartet hatte, war, dass die Anführerin dieser berüchtigten Snobs mit Nabelpiercing und Jeans auftauchen würde.

Irgendwie mochte Sydney sie deswegen.

»Es sind meine Klamotten, nicht wahr?«, fragte Roxy, als könnte sie Gedanken lesen, und lächelte. »Ich weiß, ich weiß. Wenn wir von euch verlangen, euch aufzudonnern, sollten wir dasselbe tun. Aber ehrlich gesagt entspricht Cocktailkleidung nicht meiner Vorstellung von einer guten Party. Vor allem nicht, wenn der stärkste Cocktail, den wir heute Abend servieren, aus Preiselbeersaft und Mineralwasser besteht.«

»Vermutlich habt ihr auf diese Weise keine Schwierigkeiten, die Bewerberinnen von den Aktiven zu unterscheiden«, sagte Francie unbehaglich und blickte an ihrem eng anliegenden, roten Kleid und den dazu passenden Schuhen hinunter.

»Macht euch keine Sorgen, dass ihr auffallen werdet«, beruhigte Roxy sie eilig. »Die meisten anderen Schwestern werden sich aufdonnern.« Sie zog eine ihrer perfekt geformten, rotbraunen Brauen hoch. »Einige von ihnen werden sich *richtig* aufdonnern.«

Sydney bemerkte den Sarkasmus, der in Roxys Stimme mitschwang, und ertappte sich dabei, wie sie ihr Lächeln erwiderte. Die Präsidentin von Alpha Kappa Chi war sich also des Rufes ihrer Verbindung bewusst. Und offenbar waren doch nicht *alle* Mitglieder Snobs.

»Ich möchte euch ein paar Leuten vorstellen«, bot Roxy an. »Sie sind hinten.«

Sie führte die beiden durch ein sehr förmlich eingerichtetes weißes Wohnzimmer mit einem riesigen Kamin, dann durch eine Küche von der Größe einer Cafeteria und in einen Aufenthaltsraum voller Plüschmöbel in Lavendel und Pink, den offiziellen Farben der Verbindung. Von hier führten drei Verandatüren in den wunderschönen Hinterhof, wo zahlreiche Mädchen in ihren besten Kleidern in kleinen Gruppen zusammenstanden. Sydney konnte sofort erkennen, bei welchen von ihnen es sich um Bewerberinnen handelte – es waren diejenigen, die sprudelnde, rosa Drinks in durchsichtigen Plastikbechern in den Händen hielten und erfolglos versuchten, nicht steif und nervös zu wirken. Ihre Aufmerksamkeit konzentrierte sich jedoch auf die Verbindungsmädchen. Sie musterte jede von ihnen unauffällig und versuchte abzuschätzen, wer von ihnen vielleicht etwas über Jen Williams Tod wusste.

»Das ist Keisha«, sagte Roxy und ging auf ein äußerst hübsches Mädchen mit kurzen schwarzen Haaren und großen, dunklen Augen zu. »Sie ist eine von denen, die in Ordnung sind«, flüsterte sie Sydney zu. »Keisha, das sind Sydney und ... tut mir Leid. Wie heißt du noch mal?«

»Francie«, antwortete Francie mit einem leicht gezwungenen Lächeln.

»Richtig, Francie.« Roxy zuckte auf reizende Weise entschuldigend mit den Schultern und kräuselte ihre Nase. Für eine Rothaarige hatte sie erstaunlich wenig Sommersprossen.

»Wie geht's?«, fragte Keisha mit gelangweilter Stimme, ohne sie direkt anzusehen. »Roxy, was ist heute mit dem Essen los?«, wandte sie sich dann an die Präsidentin. »Ich dachte, Ashley wäre für das Catering verantwortlich, aber sie ist nicht einmal hier.«

Roxy sah sich um und lächelte dann verschmitzt. »Ich könnte noch immer Pizza bestellen.«

»Oh!«, rief Keisha, plötzlich munter werdend. »Das hätte sie verdient! Kannst du dir das vorstellen? Dutzende von Mega Meat Busters in fettigen Pappkartons, die überall herumliegen? Dafür würde ich meine Kreditkarte plündern.«

»Da wirst du noch ein bisschen warten müssen.« Roxy warf einen Blick auf die große Wanduhr. »Gib ihr fünfzehn Minuten. Dann fange ich an, mir Sorgen zu machen.«

»Wer macht für euch das Catering?«, fragte Sydney, um nicht zu sehr im Hintergrund zu bleiben.

Keisha fand es offenbar immer noch unter ihrer Würde, sie direkt anzuschauen. »Wir engagieren verschiedene Leute«, antwortete sie und fixierte einen Punkt über Sydneys Stirn. »Ashley ist von französischem Essen besessen – wahrscheinlich hat sie *Le Petit Gourmet* beauftragt.«

»Ich schwöre auf *Marcel's*, wenn es um französische Küche geht.« Sydney drehte Francie den Rücken zu, um den erstaunten Gesichtsausdruck ihrer Freundin besser ignorieren zu können. »Allerdings habe ich nicht mehr viele Dinner planen können, seit mein Vater geheiratet hat – *wieder*. Böse Stiefmutter, ihr versteht? »

Auf Keishas Gesicht war die Andeutung eines Lächelns zu erkennen. »Ich *kenne* das Problem«, nickte sie und sah Sydney jetzt tatsächlich direkt ins Gesicht.

»Wir müssen uns unbedingt mal zusammensetzen und Geschichten über ›Zweite Frauen‹ austauschen«, meinte Roxy und rollte mit den Augen. »Ich wette, ich werde gewinnen.«

Plötzlich erregte ein Gedränge am Eingang zur Küche die Aufmerksamkeit der Umstehenden. Eine hoch gewachsene, schlaksige Blondine in rosa Seide scheuchte zwei Kellner in Smokings in den Aufenthaltsraum und forderte sie wild gestikulierend auf, die Appetithäppchen zu servieren, die sie auf ihren Tabletts balancierten.

»Oh, seht mal«, sagte Roxy. »Da sind Ashley *und* das Essen. Ich werde mal besser nachsehen, ob es Probleme gibt.«

Roxy ging los, um mit Ashley zu sprechen, und als sich

Sydney wieder Keisha zuwandte, stellte sie fest, dass das andere Mädchen ebenfalls davongeschlüpft war.

»Was war denn *das*?«, fragte Francie sie stattdessen. »Dein Dad hat geheiratet? *Wieder?* Warum sagst du solche Sachen?«

Sydney zuckte die Schultern. Sie kannte die Rolle, die sie für diese Mädchen spielen wollte, aber Francie kannte die Wahrheit: Mr. Bristow hatte nicht wieder geheiratet, nachdem seine Frau bei einem Unfall ums Leben gekommen war, als Sydney erst sechs Jahre alt gewesen war. Sydney sprach selten über den Tod ihrer Mutter; zum einen tat es noch immer zu weh, und die Art, wie ihr Vater, ein erfolgreicher Geschäftsmann, sie seitdem vernachlässigt hatte, war kaum zu ertragen. Außerdem ging es ihr im Moment um Gemeinsamkeiten mit diesen Mädchen, nicht um Mitgefühl. Wenn sie die Wahrheit ein wenig verbiegen musste, um ihr Ziel zu erreichen, warum nicht? Das war alles ein Teil des Jobs. Aber es war fast unheimlich, wie schnell sie gelernt hatte, dies zu akzeptieren. Die Geschichten, die sie über ihre Arbeit erfunden hatte, kamen ihr inzwischen kaum noch wie Lügen vor. Sie waren eine Tarnung, eine Strategie, ein Plan ...

Dass sie Francie mitschleppen musste, würde definitiv ihren Stil verderben.

»Ich meine, ich weiß, dass dieser Mann seine Fehler hat«, fuhr Francie fort. »Aber ...«

»Ich versuche nur, mich anzupassen. Okay?«, unterbrach Sydney sie mit leiser Stimme. »Willst du, dass sie uns mögen oder nicht?«

»Ich verstehe nur nicht, warum du lügen musst.«

Keisha trug einen Diamantsolitär an ihrer rechten Hand. Sydney hatte es sofort bemerkt, überlegt, woher er stammen mochte, und auf gut Glück geraten. Aber das konnte sie Francie nicht erklären. Sie würde wie eine ... Spionin klingen.

»Ich weiß es nicht«, sagte Sydney seufzend. Sie machte ein möglichst zerknirschtes Gesicht. »Achte nicht auf mich, okay? Diese ganze Sache treibt mich in den Wahnsinn. Ich will einfach aufgenommen werden.«

»Aber wenn du vorgeben musst, jemand zu sein, der du nicht bist ...«

»Das mach ich nicht. Das werde ich nicht.« Sydney ließ ihr strahlendstes Lächeln aufblitzen. »Ich habe nur vorübergehend den Verstand verloren. Lass uns jetzt ein paar andere Leute kennen lernen.«

Francie wollte offenbar noch mehr sagen, beließ es dann aber dabei. Während sich die beiden unter die Menge mischten, beschloss Sydney, Jen an diesem Abend nicht zu erwähnen. Sie hatte sich die Akte des SD-6-Mädchens eingeprägt und wusste genug über sie, um sich als ihre Freundin auszugeben. Leute, die glaubten, dass sie Jen gekannt hatte, waren wahrscheinlich bereit, offener über die Umstände von Jens Tod zu sprechen, doch sie musste vorsichtig sein, wenn sie an sie herantrat – und darauf achten, wer mithörte. Das Letzte, was sie jetzt brauchte, war, dass Francie einschnappte, weil sie Jen vorher noch nie erwähnt hatte.

»Ooh! Gefüllte Pilze!«, rief ein Mädchen in einem weißen Kleid, als ein Kellner mit einem Tablett vorbeikam. »Sehen die nicht einfach köstlich aus?«, fragte sie, nahm zwei und wandte sich Francie zu.

Sydney musterte sie abschätzend. Eine Bewerberin, entschied sie.

»Ich habe sie noch nicht probiert«, antwortete Francie.

»Oh, das musst du!«, sagte das Mädchen, doch der Kellner war bereits weitergegangen. Sie hielt Francie ihre Serviette mit den kleinen Appetithäppchen hin. »Greif zu. Nimm dir einen.«

Francie zögerte, nahm sich dann höflich einen der Pilze. Ihre neue Bekannte biss in den anderen. Er platzte auf, und der braune Saft lief über ihr Kinn und tropfte auf das Oberteil ihres Kleides. Der kleine Fleck stach auf dem weißen Stoff natürlich sofort ins Auge und provozierte bei dem Mädchen einen entsetzten Aufschrei.

»Oh, nein! Wie peinlich!«, rief sie und machte alles noch schlimmer, indem sie den Fleck mit ihrer rosa Papierserviette abzuwischen versuchte.

»Vielleicht finden wir irgendwo etwas Soda«, sagte Francie hilfsbereit und hielt die Hand des Mädchens fest. »Und eine Toilette mit einem Heißlufttrockner. Ich bekomme den Fleck wahrscheinlich weg.«

»Wirklich?« In den Augen des Mädchens leuchtete Dankbarkeit auf. »Nebenbei, ich bin Tina. Es ist wirklich nett, dich kennen zu lernen.«

»Ich heiße Francie. Ich bin gleich wieder da«, sagte sie zu Sydney und zog Tina mit sich.

»Das einzig Tragische dabei ist«, murmelte eine gelangweilte Stimme an Sydneys Ohr, »dass der Fleck wahrscheinlich wirklich herausgehen wird. Hast du dieses Kleid gesehen? Ganz aus Polyester.«

Sydney drehte sich um und erblickte Ashley, eine makellose Erscheinung in knitterfreier Designerseide. Ihr Mund verzog sich angewidert, als sie das Wort Polyester aussprach.

»Jemand sollte ihr sagen, dass es ihr nicht steht. Oder ihr raten, ein Lätzchen zu tragen«, ergänzte Sydney, in Ashleys bissigen Ton einfallend.

»Das rote Kleid ist nicht schlecht«, meinte Ashley, während sie Francie nachsah. »Ist sie eine Freundin von dir?«

»Wir sind Zimmergenossinnen«, erklärte Sydney, instinktiv die Beziehung herunterspielend. »Übrigens, mein Name ist Sydney. Du bist Ashley, richtig? Das Essen ist fantastisch!«

Ashley lächelte selbstgefällig. »Ja, nicht wahr?«

Sydney hätte am liebsten hinzugefügt, dass es außerdem ziemlich spät gekommen war, nur um Miss Hochnäsig einen kleinen Dämpfer zu verpassen, aber das würde sie im Augenblick sicher nicht weiterbringen.

»Wie lange bist du schon bei Alpha Kappa Chi?«, fragte sie stattdessen. »Bist du Studentin im letzten Jahr?«

»Im zweiten Jahr«, erwiderte Ashley sichtlich geschmeichelt. »Ich bin im ersten Semester aufgenommen worden. Bei der *eigentlichen* Bewerbungsveranstaltung, wenn es Konkurrenz gibt – nicht bei so einer armseligen Scharade wie dieser hier. Das soll keine Beleidigung sein«, fügte sie ohne große Überzeugungskraft hinzu. Ihre überhebliche, gedehnte Art zu sprechen vervollständigte die Karikatur einer Beverly-Hills-Snobistin.

»Das habe ich auch nicht so aufgefasst«, entgegnete Sydney glattzüngig. »Natürlich wäre ich auch lieber im Herbst eingetreten. Aber meine Großmutter war damals im Krankenhaus. Es sah aus, als würde sie es nicht schaffen.«

»Nun, es gibt immer ein nächstes Jahr.« Ashley lächelte ein wenig abfällig. »Wir nehmen bei diesen Veranstaltungen fast nie jemanden auf. So viele Hoffnungsvolle, so wenige freie Plätze ... Es ist nicht so, als würde es uns an Bewerberinnen mangeln.«

»Aber ihr habt vor kurzem ein Mädchen verloren, nicht wahr? Die arme Jen. Ich konnte es nicht fassen, als ich es hörte; es kommt mir noch immer so unwahrscheinlich vor. Hatte sie oft Probleme beim Atmen? Ich dachte, ihr Asthma wäre unter Kontrolle.«

Ashley sah sie aufmerksam an. »Du kanntest Jen?«

»Unsere Eltern waren früher miteinander befreundet. Aber wir haben verschiedene Highschools besucht, sodass ich sie nicht so gut kannte, wie ich es mir gewünscht hätte.«

»Ich habe sie auch nicht so gut gekannt«, erklärte Ashley. »Ich meine, wir haben eine Menge Mitglieder. Ich muss mich um das Essen kümmern«, wechselte sie dann abrupt das Thema und machte sich eilig davon.

Sydney überlegte, ob sie ihr folgen sollte. Ashleys seltsame Reaktion verriet, dass sie einen wunden Punkt berührt hatte. Andererseits, wenn sie zu früh zu viel Druck ausübte ...

»Dürfte ich um eure Aufmerksamkeit bitten?« Roxy war auf eine Ottomane gestiegen; ihre nackten Zehen ragten über die gepolsterte Kante hinaus. »Ich bin Roxy Sinclair, die Präsidentin von Alpha Kappa Chi. Ich möchte euch alle willkommen heißen und euch dafür danken, dass ihr heute Abend hier erschienen seid.«

Sie schwieg einen Moment. Während des etwas übertriebenen begeisterten Beifalls, der folgte, erschien Francie wieder bei Sydney.

»Hab ich was verpasst?«, fragte sie besorgt.

»Nicht das Geringste«, versicherte Sydney ihr.

»Wir haben nebenan im Versammlungsraum einige Stühle aufgestellt«, fuhr Roxy fort und zeigte auf die entsprechende Tür. »Wenn jetzt alle bitte hinübergehen und sich setzen würden – wir haben eine Präsentation für euch vorbereitet. Eine *kurze* Präsentation«, fügte sie schnell hinzu, wie um einen möglichen Protest schon im Keim zu ersticken. »Sie wird nicht langweilig sein, das verspreche ich.«

Die Mädchen waren ganz und gar nicht widerwillig, sondern stürmten regelrecht in den Versammlungsraum, ein kahles Zimmer mit niedriger Decke und weißen Klappstühlen. Die einzige Dekoration bestand aus handgemalten rosa- und lavendelfarbenen Bannern. ALPHAS HERRSCHEN!, behauptete eines, während ein anderes ALPHA-TEAMGEIST forderte. Sydney stellte sich die Schwestern in ihren Pyjamas vor, wie sie sie in der vergangenen Nacht angefertigt hatten.

»Lass uns dort sitzen, wo wir die Tafel sehen können«, flüsterte Francie und wies auf zwei Klappstühle ziemlich weit vorne. Ein paar Meter weiter stand eine leere Tafel.

»Ich werde nicht viel von eurer Zeit beanspruchen«, sagte Roxy und griff nach einem Stück Kreide. Ihre langen Haare fielen ihr den Rücken herab, als sie ALPHA KAPPA CHI – AKC in großen purpurnen Buchstaben an den oberen Rand der Tafel schrieb. »Ich könnte euch erzählen, wer wir sind, aber wenn ihr hier seid, wisst ihr das wahrscheinlich schon.«

Ihre Bemerkung wurde mit nervösem Kichern kommentiert. Sie hatte offensichtlich Recht.

»Die Verbindung ist 1942 gegründet worden, und falls ihr euch für Geschichte interessiert, hinten liegen entsprechende Broschüren. Ich will ehrlich sein – wir nehmen bei diesen Veranstaltungen selten Bewerberinnen auf. Wie ihr feststellen könnt, wenn ihr euch umschaut, ist der Andrang groß und unser Haus klein.« Sie lachte. »Relativ gesehen.«

Francie stieß Sydney mit dem Knie an, als wollte sie sagen: siehst du, ich hab's doch gewusst.«

»Der Hauptgrund dafür, dass wir euch heute Abend eingeladen haben, ist, dass wir euch die Chance geben wollen, die Schwestern kennen zu lernen und euch das Haus anzusehen, damit ihr Bescheid wisst, falls ihr euch im nächsten Herbst bewerben wollt. Aber für den Fall, dass ihr das Glück habt und aufgenommen werdet, müsst ihr über das bevorstehende Ereignis informiert sein, das Alpha-Aloha auf Hawaii, das an diesem Samstag beginnt. Kira?«

Eine weitere Blondine, die wie eine Cheerleaderin aussah, trat an die Tafel.

»Das Alpha-Aloha wird in diesem Jahr absolut umwerfend sein!«, erklärte sie. »Unsere Reservierungen sind vom *Waikiki Princess* bestätigt worden, einem brandneuen Hotel am Strand. Die Zimmer sind großartig, und das *Luau* wird umwerfend sein – traditionelles Schwein vom Grill und diese tollen Männer in Lendenschürzen.«

Beifall brandete auf, aber Kira fuhr unbeirrt fort. »Der Pool und das Mineralbad sind *umwerfend*. Alle Schwestern, die ihren Beitrag noch nicht geleistet haben, müssen es jetzt tun, denn zweitausend Dollar sind ein Schnäppchen im Vergleich zu all dem Spaß, den wir auf Hawaii haben werden!«

»Danke, Kira«, sagte Roxy. »Das klingt ... umwerfend.«

Spöttisches Kichern erscholl, aber Roxys unschuldig wirkendes Lächeln nahm ihrer Bemerkung jede Spitze. Sogar Kira lachte.

»Da die gesamte Studentinnenverbindung zu dem Aloha

fliegt«, erklärte Roxy der Gruppe, »wird natürlich auch jede neu aufgenommene Bewerberin mitkommen. Das bedeutet, dass ihr euren Beitrag leisten müsst. Ich weiß, dass eine Woche nicht viel ist, aber andererseits ist es auch nicht viel Geld. Nun, das war's auch schon!«, schloss Roxy. »Tragt euch bitte im Gästebuch mit der Telefonnummer ein, unter der wir euch erreichen können. Ich hoffe, dass ihr alle zum Nachtisch bleiben werdet. Wenn ihr noch irgendwelche Fragen zu unserer Verbindung habt, wendet euch einfach an eine der Schwestern.«

»*Ich* habe eine Frage«, murmelte Francie, als sie und Sydney aufstanden. »Wo sollen du und ich zweitausend Dollar herbekommen?«

»Was ist, wenn sie uns nicht anrufen?«, sorgte sich Francie, als sie und Sydney über den Campus zurück zum Wohnheim gingen. »Was ist, wenn sie *doch* anrufen? Ich habe nicht so viel Geld gespart, und ich werde in dieser Woche wohl kaum so viel Trinkgeld als Kellnerin einnehmen.«

»Entspann dich«, sagte Sydney, die von ähnlichen Gedanken umgetrieben wurde. Das Geld war kein Problem für sie – SD-6 würde es zur Verfügung stellen. Aber wenn ihre Bewerbung nicht akzeptiert wurde, würde es entschieden schwieriger sein herauszufinden, was mit Jen passiert war. »Wir werden wahrscheinlich nicht einmal aufgenommen.«

»Na, *jetzt* fühle ich mich viel besser.«

»Ich weiß nicht, warum du deswegen plötzlich so gestresst bist. Du warst es doch, die ursprünglich gar nicht zu AKC wollte.«

»Das stimmt«, gab Francie zu und zupfte an ihrem roten Kleid. »Aber jetzt will ich es irgendwie doch.«

»Irgendwie?«

»Schon gut, ich will es. Ein paar der Mädchen, Ashley zum Beispiel, waren zwar genauso, wie ich sie mir vorgestellt habe. Aber die meisten von ihnen sind eigentlich ganz nett. Und dieser Pool! Außerdem ist es ja nicht so, dass ich nicht nach Hawaii fliegen *will*.«

»Das wäre toll«, nickte Sydney. Sie versuchte ruhig zu bleiben. Wenn sie eine Absage von der Verbindung bekäme, könnte Wilson sie trotzdem nach Hawaii schicken. Sie würde Jens Tod dann eben auf einem anderen Weg untersuchen müssen.

»Wie wirst du das denn bezahlen?«, riss Francie sie aus ihren Gedanken.

»Was? Oh, diese Reise? Ich, äh ... ich habe etwas Geld gespart. Schließlich arbeite ich bei der Bank.«

»Du Glückliche«, sagte Francie mit düsterer Miene. »Ich könnte theoretisch meine Eltern anrufen, aber ich fürchte, sie sehen darin nicht unbedingt einen dringenden Notfall.«

»Vielleicht kann ich dir etwas leihen.«

Francies Miene hellte sich auf. »Wirklich? Vorausgesetzt, wir werden überhaupt ausgewählt. Was meinst du, wie viele Mädchen werden sie nehmen?«

»Nicht viele. Zwei. Vielleicht drei. Vielleicht keins.«

»Wäre es nicht schrecklich, wenn sie eine von uns auswählen, die andere aber nicht?« Entsetzt von dem Gedanken, blieb Francie abrupt stehen. »Wenn sie uns nicht beide aufnehmen, werde ich nicht eintreten!«

»Was? Doch! Natürlich wirst du das tun.«

Wenn Francie Mitglied wäre, hätte Sydney immerhin einen Vorwand, im Verbindungshaus herumzuhängen und sich umzuschauen. In gewisser Hinsicht wäre das sogar besser, als selbst Mitglied zu sein – sie würde alle Vorteile, aber keine der Verpflichtungen haben.

»Nein, das wäre nicht okay«, widersprach Francie. »Ich meine, wenn sie dich aufnehmen und mich nicht, würdest du doch auch ablehnen, oder?«

Sydney zögerte – einen Sekundenbruchteil zu lange.

»Oder?«, wiederholte Francie.

»Warum zerbrechen wir uns den Kopf über Dinge, die

wahrscheinlich nie passieren werden?«, lenkte Sydney ab. »Lass uns doch einfach abwarten und sehen, was passiert.«

Francie holte tief Luft und ging weiter. »Du hast Recht. Ich weiß auch nicht, warum ich mich so aufrege. Schließlich gibt es jede Menge anderer Möglichkeiten, falls sie uns nicht nehmen. Außerdem können wir uns im Herbst dann bei *allen* Vereinigungen bewerben.«

Großartig, dachte Sydney und lächelte mühsam. Auf was habe ich mich da nur eingelassen?

Als Sydney und Francie vor ihrer Zimmertür angelangt waren, hörten sie, wie drinnen das Telefon klingelte.

»Ooh, ich wette, das ist Burke«, stichelte Francie. »Er kann es nicht erwarten, dich wiederzusehen.«

»Na klar. Das wird er sein«, erwiderte Sydney. Sie versuchte, sich nichts anmerken zu lassen und cool zu wirken, suchte aber fieberhaft nach ihren Schlüsseln. Sie hatte an diesem Tag denselben Kurs wie Burke besucht und ihm zugewunken, doch seit ihrer Verabredung am Freitag hatten sie nicht mehr miteinander gesprochen. Sie stieß die Tür auf, warf sich aufs Bett und angelte das Telefon vom Nachttisch. »Hallo?«

»Hallo? Sydney?«, fragte eine lachende Stimme am anderen Ende der Leitung. »Lass mich raten – du dachtest, ich wäre ein Kerl.«

»R-Roxy?«, stotterte Sydney perplex.

»Ja, hi. Hör zu. Ich habe mit einigen der Mädchen gesprochen, und wir nehmen deine Bewerbung an!«

»So schnell? Das ist ... das ist fantastisch.«

»Bist du sicher? Du klingst nicht besonders begeistert.«

»Es kommt nur so plötzlich. Ich dachte, es würde eine Art Aufnahmezeremonie oder so geben.«

»Wir führen das Ritual im Herbst durch. Aber wenn ein Telefonanruf zu enttäuschend ist, könnte ich eine dieser rosa Roben überstreifen und mit einer langstieligen Rose zu dir hinüberkommen ...«

»Nein. Nein, das ist nicht nötig«, sagte Sydney hastig.

»Gut. Denn hier ist unser erstes dunkles Verbindungsgeheimnis – diese blöden Roben reinigen zu lassen, ist die Härte.«

»Ich werde versuchen, mir das zu merken«, versprach Sydney lachend. »Nun, was kommt als Nächstes? Was ist der nächste Schritt?«

»Normalerweise würden wir dich in deiner Unterwäsche auf eine Schnitzeljagd schicken, aber das ist eine Menge Aufwand für nur zwei Leute. Außerdem stehen wir inzwischen über solchen Dingen. Fangen wir mit der Aloha-Abschiedsparty am Mittwochabend an. Unsere Brüder von Triple Chi grillen in ihrem Haus. Ich kann kein genießbares Essen versprechen, aber sie sehen alle recht gut aus.«

»Klingt großartig«, log Sydney. »Wann sollen wir da sein?«

Am anderen Ende trat eine kurze Pause ein. »Wir?«

»Francie und ich.«

»Oh! Oh, richtig. Ich habe vergessen, dass ihr beide Zimmergenossinnen seid.« Eine weitere verlegene Pause. »Das Problem ist, wir nehmen nur zwei Mädchen auf, und ... und ich rufe nur wegen dir an.«

Sydney unterdrückte ein Stöhnen. Natürlich war es keine Frage, dass ihr Auftrag leichter durchzuführen sein würde, wenn Francie nicht ebenfalls bei AKC wäre. Sie würde alles sagen und tun können, was notwendig war, ohne dass ihr jemand dabei über die Schulter sah.

Aber Francie wäre am Boden zerstört. Schon jetzt stand sie aufgeregt neben Sydney, die dunklen Augen hoffnungsvoll aufgerissen.

»Ich verstehe«, sagte Sydney langsam. »Da ist nur noch eine Sache – um wie viel Uhr sollen Francie und ich da sein?«

»Sie steht direkt neben dir, nicht wahr?«, vermutete Roxy.

»Genau.«

»Ich wollte dir keine Probleme machen. Es ist nur ... Francie passt nicht so gut zu uns wie du. Sie hat nicht mit so vielen Leuten gesprochen, zumindest nicht mit den richtigen. Sie wirkte ein wenig schüchtern.«

»Schüchtern? Auf keinen Fall!«, entfuhr es Sydney. »Sie ist doppelt so gesellig wie ich.«

Roxy seufzte. »Das wird ein Problem für dich werden, nicht wahr?«

»Du hast keine Ahnung!«

»Dann ... ach was! Bring sie einfach mit.« Roxy lachte, als wäre sie von ihrer eigenen Kühnheit überrascht. »Ich bin nicht nur die Präsidentin, ich mache dieses Jahr auch meinen Abschluss! Was können sie mir schon anhaben?«

»Also ... sind wir beide aufgenommen?«

»Ich werde das irgendwie einrichten. Bis Mittwochabend!«

KAPITEL 3

»Und du bist sicher, dass Roxy gesagt hat, ich wäre auch aufgenommen?«, fragte Francie und folgte Sydney durch das offene Tor in den Vorgarten des Verbindungshauses von Triple Chi. Der hohe Holzzaun war mit Weihnachtsbeleuchtung in Orange und Blau, den Farben der Studentenverbindung, dekoriert, und in das trockene, unregelmäßig wachsende Gras waren Fackeln gesteckt, die zusätzliches Licht lieferten.

»Wie oft soll ich es dir noch sagen?«, erwiderte Sydney. »Ich war nur zufällig zuerst am Telefon.«

Aber Francie hatte genug von dem Telefonat mit Roxy mitbekommen, um misstrauisch zu sein, und weder Sydneys Überzeugungsversuche in den vergangenen zwei Tagen noch die kurzfristige Einladung zu AKC an diesem Nachmittag hatten ihre Bedenken wirklich zerstreuen können.

»Es ist nur ... Ich habe von einigen der Mädchen so komische Schwingungen empfangen«, raunte Francie ihr zu und zupfte etwas verunsichert an ihrem neuen rosa T-Shirt. AKC-ANWÄRTERIN stand in glitzernden Buchstaben vorne drauf. Die kleinen Glittersteine reflektierten das blaue und orangene Licht der Partybeleuchtung.

Sydney zeigte auf ihr eigenes Shirt, das genauso aussah, und dann durch den Garten auf die Menge der Leute, die dort zusammenstanden. »Sie lassen uns öffentlich diese dämlichen Klamotten tragen, und du machst dir Sorgen wegen irgendwelcher Schwingungen? Francie, *bitte vergiss*, was auch immer du glaubst gehört zu haben, und versuch dich zu amüsieren, okay? Du wirst von der exklusivsten Studentinnenverbindung des Colleges aufgenommen, du bist auf einer Party, und alle hier werden dich genauso mögen wie ich.«

Francie warf Sydney einen überraschten Blick zu. Dann machte sich langsam ein Lächeln auf ihrem Gesicht breit.

»Die *Jungs* werden mich lieben«, räumte sie ein, ihr altes Selbstvertrauen zurückgewinnend. »Und wenn ich heute Nacht hier fertig bin, werden alle Mädchen *ich* sein wollen.«

»Das ist die richtige Einstellung.«

Francie zwirbelte eine herunterhängende Locke so um ihren Finger, dass sie sich wie die Spirale eines Korkenziehers lockte. »Wenn du nichts dagegen hast, werde ich mich eine Weile unters Volk mischen. Es gibt eine Menge Leute, mit denen ich mich unterhalten muss.« Sie war wieder ganz die alte.

»Mach schon«, ermunterte sie Sydney, erfreut über die Gelegenheit, selbst ungestört mit ein paar Leuten reden zu können.

»Bis später.« Francie warf ihre Haare zurück und stürzte sich ins Gedränge. »Schüchtern, ha«, murmelte sie. »Ich werde ihnen zeigen, wie schüchtern ich bin!«

Einen Moment lang hatte Sydney ein schlechtes Gewissen, denn sie wusste, dass sie AKC früher oder später wieder verlassen würde und Francie dann auf sich allein gestellt war. Andererseits war ja noch gar nicht klar, wann das wäre, und bis dahin hatte Francie wahrscheinlich schon jede Menge neue Freundinnen in der Verbindung und würde sie kaum vermissen. Dieser Gedanke versetzte Sydney kurz einen eifersüchtigen Stich, aber dann verdrängte sie ihn schnell, entschlossen, sich auf ihre Mission zu konzentrieren. Sie wollte so viele Schwestern wie möglich über Jen ausfragen, und die älteren würden vermutlich am meisten wissen ...

»Hallo, meine Schöne«, ertönte in diesem Moment eine leicht schleppende Stimme wenige Zentimeter von ihrem Ohr entfernt. »*Dich* habe ich hier noch nie gesehen.«

Sydney drehte sich um und sah einen jungen Mann in Hawaiishorts und mit nackter Brust, der unangenehm selbstgefällig grinste. Er hielt einen Plastikbecher in der Hand, über dessen Rand Bierschaum quoll.

»Du siehst einsam aus«, meinte er.

»Das bin ich nicht«, entgegnete sie kühl. Unwillkürlich musste sie an die letzte Verbindungsparty denken, auf der sie gewesen war.

»Seltsam«, sagte er und trank einen Schluck aus seinem Becher. »Normalerweise reagieren die Mädchen anders auf mich.«

Er zwinkerte ihr zu in dem offensichtlichen Versuch, sie zu überzeugen, was für ein Supertyp er war. Sydney schüttelte angewidert den Kopf und ging weiter. Als er jetzt auch noch hinter ihr herpfiff, verspürte sie die unmittelbare Regung, kehrtzumachen und ihm eine zu verpassen. Doch da entdeckte sie am Rand der Menge einen rothaarigen Schopf. Erleichtert eilte sie zu Roxy.

»Wie ich sehe, hast du Maxwell schon kennen gelernt«, begrüßte sie die Präsidentin des AKC mit einem Blick über Sydneys Schulter. »Ich könnte dir Geschichten über diesen Kerl erzählen, die dem Begriff *Widerling* eine völlig neue Dimension geben. Aber deiner Reaktion nach zu urteilen, hast du ihn bereits durchschaut.«

Sydney zuckte die Schultern. »Er geht nicht gerade subtil vor. Aber ich wollte dir noch einmal danken«, wechselte sie dann das Thema. »Für alles. Du weißt schon.« Sie wollte Francies Namen nicht erwähnen für den Fall, dass jemand mithörte.

»Kein Problem! Ich hab sofort gemerkt, dass du jemand bist, den wir brauchen. Außerdem hat sich dann herausgestellt, dass das andere Mädchen, das wir ausgesucht hatten, Schwierigkeiten mit dem Aloha hat.« Roxy rieb den Zeigefinger ihrer rechten Hand am Daumen, um anzudeuten, dass es um Geldmangel ging. »Alles ist prima gelaufen.«

»Trotzdem. Ich schulde dir was.«

Roxy grinste strahlend. »Wofür sind Schwestern denn da? Außerdem macht es Spaß, neue Leute dabeizuhaben.«

Ihr Gesicht bekam plötzlich einen leicht wehmütigen Ausdruck. »Es hat in der letzten Zeit einen traurigen Zwischenfall gegeben ...«

Sydney zwang sich, bis drei zu zählen, bevor sie die Gelegenheit ergriff. »Ich habe von dem Mädchen gehört, das gestorben ist.«

Roxy warf ihr einen erstaunten Blick zu. »Gehört? Ashley sagte, du hättest Jen gekannt.«

»Das stimmt, wir kannten uns.« Sydneys Herz hämmerte, als sie ihren Fehler bemerkte. Sie hätte daran denken müssen, dass die Mädchen sich natürlich alles untereinander erzählten. Vielleicht hätte sie doch nicht behaupten sollen, Jen gekannt zu haben. »Es ist nur ... wir waren nicht so eng befreundet, weißt Du? Aber es war trotzdem ein Schock. Und du ... standet ihr euch nahe?«

Roxy nickte, und ihr traten Tränen in die Augen. »Sehr nahe. Jen war ein Engel. Ich ... es ist schwer jetzt, verstehst du? Ohne sie noch weiter in der Verbindung zu sein. So zu tun, als wäre es mir noch immer wichtig ...«

Roxy wischte sich über die Augen und verschmierte dabei ihren Mascara. »Ich sollte dir das nicht erzählen«, sagte sie schniefend. »Du bist neu, und es ist *wirklich* eine tolle Gruppe von Mädchen ...«

»Nein, ich verstehe«, versicherte Sydney. Sie war bewegt von Roxys offensichtlich echten Gefühlen und fühlte sich jetzt, wo sie merkte, dass Jen bei AKC auch echte Freundinnen gehabt hatte, irgendwie besser.

»Aber ich komme mir blöd vor.« Roxy wischte sich erneut die Augen ab und verschmierte weiteres Make-up. »Außerdem sehe ich schrecklich aus.«

Das ließ sich nicht leugnen. Sydney lächelte. »Nun ... es könnte nicht schaden, wenn eine von uns ein Taschentuch hätte.«

Roxy nickte in Richtung Verbindungshaus. »Ich bezweifle, dass es dort so etwas Zivilisiertes wie Kleenex gibt, aber vielleicht kann ich mir das Gesicht waschen.«

»Ich komme mit«, bot Sydney an.

»Danke. Aber tu mir lieber einen Gefallen und suche Michelle. Habe ich Michelle schon erwähnt? Lockige braune Haare? Ich glaube, heute Abend trägt sie Gelb. Richte ihr von mir aus, dass sie Katie im Auge behalten soll, während ich weg bin. Sie wird wissen, was ich meine.«

»Okay.« Wenn jemand namens Katie beaufsichtigt werden musste, wollte Sydney definitiv herausfinden, warum.

Sie war kaum ein paar Meter weitergegangen, da wurde Musik aufgelegt. Aus den Lautsprechern dröhnte es so laut, dass man sich kaum noch unterhalten konnte. Sydney drängte sich durch die Menge und lächelte einigen der Mädchen, die sie kannte, zu. Schließlich entdeckte sie Michelle, die in der Nähe des Bierfasses stand und leicht verdrießlich dreinblickte.

»Michelle? Hi!«, schrie Sydney.

Michelle nickte, ohne dass auch nur der Hauch eines Lächelns auf ihrem Gesicht erschien. Sydney wies auf den Schriftzug an ihrem rosa T-Shirt.

»Ich bin Sydney Bristow. Ich glaube, wir hatten bei der Bewerbungsveranstaltung keine Gelegenheit, miteinander zu reden.«

Michelle zuckte mit den Schultern.

Das läuft ja wirklich gut, dachte Sydney. In diesem Moment endete der Song.

»Roxy hat mich gebeten, dir etwas auszurichten«, erklärte sie nun mit normaler Lautstärke. »Sie musste ins Haus, und sie möchte, dass du Katie im Auge behältst. Sie sagte, du würdest wissen, was das bedeutet.«

Bei Michelle war die Andeutung eines Lächelns zu erkennen. »Was macht Roxy?«

»Nur ... nun ja ... wir haben über Jen gesprochen, und da wurde sie ziemlich traurig. Aber sie ist sicher bald wieder zurück.«

»Oh.« Michelle warf Sydney einen forschenden Blick zu. »Ist sie okay?«

»Es wird schon wieder. Sie braucht nur ein paar Minuten.«

Michelle seufzte, während ihr Blick in die Ferne wanderte. »Seit Jens Tod hat sich alles verändert. Wir haben sie alle so sehr gemocht. Es ist ... irgendwie nicht real. Wir können nicht fassen, was passiert ist.«

Sydney trat von einem Fuß auf den anderen und fragte sich, wie sie diese Gelegenheit am besten nutzen konnte.

»Was ist mit ... Katie?«, fragte sie zögernd.

»Sie ist betrunken, aber nicht *so* betrunken! Ich werde sie stoppen, wenn es nötig sein sollte.« Michelle schüttelte heftig den Kopf. »Und wenn sich Doug in ihre Nähe wagen sollte ...«

»Oh.« Plötzlich verstand Sydney, warum Katie im Auge behalten werden sollte. »Unglückliche Liebe?«

»Frag mich bloß nicht.«

In diesem Moment dröhnte die Musik wieder los, und die Menge johlte. Sydney wandte sich von Michelle ab, um ihre Nachforschungen fortzusetzen.

In einer Ecke des Gartens tanzten ein paar Leute auf dem Rasen. Sydney entdeckte Francie unter ihnen und sah ihr einen Augenblick lang zu. Dann bemerkte sie ein paar Schritte weiter Ashley, deren Augen ebenfalls auf die Tänzer gerichtet waren.

»Hi, Ashley! Wie geht's?«, fragte Sydney und trat zu ihr.

Ashley warf ihr einen kühlen Seitenblick zu. »Hallo.«

»Tolle Party.«

»Wenn man derartige Dinge mag.« Ashley schüttelte den Kopf. »Ich weiß nicht, warum diese Kerle nicht ein einziges Mal eine richtige Band engagieren können. Und noch etwas anderes zu trinken organisieren außer Bier. Von dieser geschmacklosen Beleuchtung ganz zu schweigen. Man kann das Wohnwagenlager ja praktisch riechen.«

Sydney lachte. Ashley hatte ihre hochnäsige Attitüde nicht abgelegt – aber diesmal hatte sie Recht.

»Dieser Versager Maxwell hat mich vorhin angemacht«, vertraute Sydney ihr an. »Was für ein Schleimer!«

Ashleys Kopf fuhr herum. »Es ist nicht so, dass *ich* ihn mag«, sagte sie und fixierte Sydney mit einem durchdringenden Blick. »Wer hat behauptet, dass ich ihn mag?«

»Niemand!«

Zum zweiten Mal an diesem Abend wurde Sydney bewusst, dass sich die Leute um sie herum hier alle kannten. Sie hatten miteinander verwobene Beziehungen, die sie nicht verstand. Sie musste vorsichtiger sein mit dem, was sie sagte.

»Das ist auch besser so.« Ashley warf, noch immer verschnupft, ihre perfekt gestylten, blonden Haare zurück und drehte den Kopf etwas weg.

»Niemand hat etwas Derartiges gesagt. Die meisten haben nur gesagt, wie sehr sie Jen vermissen.«

»Oh.« Auf Ashleys Gesicht war keine Reaktion zu erkennen. Sie hielt weiter den Blick auf die Tänzer gerichtet.

»Ich meine, weil sie wirklich nett war.«

»Zu einigen Leuten.«

Sydney verarbeitete die Bemerkung und überlegte, was das bedeuten könnte. »Ich vermute, sie konnte manchmal ein wenig snobistisch sein«, erklärte sie.

»Snobistisch? Nein, sie –« Ashley brach abrupt ab. »Jen war nett. Ich muss gehen und mit jemand anders reden.«

Ohne ein weiteres Wort stolzierte sie davon, ihre Haltung war so steif, wie es zuvor ihre Worte gewesen waren. Sydney beobachtete, wie sie auf eine leicht schwankende, hellblonde junge Frau zusteuerte und sie in ein Gespräch verwickelte.

Ob das Katie war?, fragte sich Sydney.

Aber der Gedanke schien ihr im Moment nicht weiter wichtig. In ihrem Kopf drehte sich alles – die Fragen, das Gedränge, die Musik, der Rauch ...

Und dann tauchte Maxwell wieder auf.

»Hi, Baby«, säuselte er, als er auf sie zuschlenderte. War

das Creme oder Schweiß, was da so auf seiner Brust schimmerte? Zumindest wirkte sie genauso ölig wie sein Auftreten. »Bang-Bang Maxwell ist hier. Sag Daddy, was du willst.«

Ich will, dass mir übel wird, durchfuhr es Sydney. Ich will in einen Plastikbeutel kotzen und ihn dann über deinem Kopf auskippen.

»Weißt du, was ich will?«, flötete sie jedoch stattdessen. Sie konnte der Versuchung nicht widerstehen, zwei Fliegen mit einer Klappe zu schlagen. »Ich will, dass du nett zu Ashley bist.«

»Ashley?« Maxwell schnaubte. »Schon gemacht, schon erledigt. *Falls* du verstehst, was ich meine.« Er klatschte wie ein totaler Idiot in die Hände. »Aber *du* ... du faszinierst mich.«

Aber nur, weil ich dich auf fünfzehn verschiedene Arten töten könnte, dachte sie.

»*Und* ich mag dein Shirt«, fügte er hinzu und versuchte an einer Stelle, an der seine Finger nichts zu suchen hatten, einen der funkelnden Steine zu berühren.

Mit einer schnellen Bewegung packte Sydney seine Hand und hielt sie ein paar Zentimeter vor ihrem Körper fest.

»Wow, bist du kräftig!«, entfuhr es ihm. Seine zusammengekniffenen Augen verrieten, dass ihr Griff offenbar schmerzhaft war.

»Versuch beim nächsten Mal, daran zu denken«, warnte sie ihn und drückte noch etwas fester zu. »Wenn ich will, dass du mich anfasst, werde ich es dir sagen.«

»Tu das«, stieß er heiser hervor und verwandelte ihre Drohung in eine Einladung. »Jederzeit.«

Angewidert stieß sie seine Hand zurück.

»Wo gehst du hin?«, fragte er. »Ich könnte später vorbeischauen.«

»Oder nicht. Hör zu, ich muss mit jemand anders reden.« Wie Ashley vorhin ihr, so zeigte sie jetzt ihm die kalte Schulter und eilte davon, bevor er Luft holen konnte.

Vielleicht habe ich doch mehr Begabung zu einem Verbindungsmädchen, als ich geahnt habe, dachte sie und vergewisserte sich mit einem Blick, dass sie Maxwell abgehängt hatte.

Sydney schlüpfte durch das offene Gartentor in die dunkle Nacht, um einen Moment lang allein zu sein. Sie war an diesem Abend schon einen guten Schritt weiter gekommen, überlegte sie. Sie hatte eine Reihe von Leuten kennen gelernt und herausgefunden, wie sie über Jen dachten. Jetzt ging es darum, den nächsten Schritt zu planen.

Alle bis auf Ashley haben Jen gemocht, resümierte sie, während sie am Zaun entlangschlenderte. Aber das bedeutet trotzdem nicht, dass Ashley eine Mörderin ist. Nach allem, was ich bis jetzt über sie weiß, ist es durchaus möglich, dass sie nur ...

Ein leises Geräusch hinter ihr ließ Sydney erstarren. Dann spürte sie, wie eine Hand ihr einen Klaps auf den Hintern gab. Sie wurde fuchsteufelswild.

»Das *reicht*!«, fauchte sie, fuhr herum und schlug zu, bevor sie überhaupt sehen konnte, wer sie belästigt hatte. Aber sie wusste mit Sicherheit, dass sie jeden Verbindungskerl niederschlagen konnte – und dass dieser hier es auf jeden Fall verdient hatte.

Doch ein kräftiger Unterarm wehrte ihren Hieb ab, und die Wucht ihres eigenen Schlags ließ Sydney das Gleichgewicht verlieren. Sie stolperte gegen ihren Gegner.

»Oh, oh!«, lachte Noah Hicks leise, als er sie stützend auffing. »Lausige Reaktion. Ich hätte dich auf der Stelle erledigen können.«

»Das *denkst* du nur«, gab sie verärgert zurück.

»Hör mal! Ich weiß, dass ich es könnte.«

Fraglos hatte er Recht. Doch genau das, kombiniert mit seinem selbstgefälligen Gesichtsausdruck, machte Sydney nur noch wütender.

»Was treibst du hier?«, zischte sie. »Spionierst du mir nach?«

»Na, du weißt schon. Ich muss in Übung bleiben.« Dabei setzte er sein charmantes Lächeln auf, mit dem er mehr wie der nette Junge von nebenan aussah als wie ein Superagent von SD-6. Aber Sydney kaufte es ihm nicht ab. Und die Tatsache, dass sie ganze Tage damit verbracht hatte, sich nach ihm zu sehnen, war völlig vergessen.

Seit Paris hat er mich behandelt, als hätte ich die Pest. Und jetzt schleicht er sich von hinten an mich heran und klatscht mir auf den Hintern? Oh nein, so nicht!

Noah schien ihre Gedanken lesen zu können. Das Lächeln verschwand von seinen Lippen, und er fuhr sich nervös mit der Hand durch seine kurzen, braunen Haare.

»Freust du dich denn gar nicht, mich zu sehen?«, fragte er.

»Würde das dein Ego zerstören? Dachtest du, ich würde dir ewig hinterherlaufen und nur darauf warten, dass du mich irgendwann mal wieder beachtest?«

Seine Miene verschloss sich. »Das hast du getan?«

»In deinen Träumen!«

Es lag ihr auf der Zunge, zu erzählen, dass sie sich inzwischen mit einem anderen traf, dass Paris ein Schwindel gewesen war. Aber Paris war *kein* Schwindel gewesen, und als sie jetzt so neben ihm in der Dunkelheit stand, war sie nur zwei Sekunden davon entfernt, sich ihm an den Hals zu werfen.

Irgendetwas sagte ihr, dass er sich nicht dagegen sträuben würde. Irgendetwas sagte ihr, dass er deswegen gekommen war.

Er zeigte auf ihr Shirt. »Du bewirbst dich bei einer Studentinnenverbindung?«

»Hat Wilson es dir nicht erzählt?«

»Er weiß davon? Ich bin erstaunt, dass er eine derartige Zeitverschwendung erlaubt.«

Sydney zog die Brauen hoch. Noah schien absolut nichts von ihrer neuen Mission zu wissen.

»Außerdem scheinst du mir nicht der Typ für sowas zu

sein«, fügte er hinzu, bevor sie ihn einweihen konnte. »All dieses mädchenhafte Getue und das ständige Kichern und so.«

Normalerweise hätte sie ihm zugestimmt, doch so, wie er es formulierte, wurde sie nur sauer.

»Von mädchenhaftem Getue kann keine Rede sein.«

»Du weißt, was ich meine.«

»Ja, ich glaube schon.«

Sydney wandte sich ab und ging zurück Richtung Party. Noah folgte ihr.

»Sag jetzt bloß nicht, dass du *deswegen* wütend auf mich bist!«, rief er ihr hinterher. »Das wäre sehr dumm von dir.«

»Du hast Recht. Diese ganze Sache zwischen uns ist dumm.«

»Ich wollte dich nur sehen. Das ist alles.«

»Und jetzt hast du mich gesehen.«

Das Triple-Chi-Haus kam in Sicht. Sydney steuerte direkt darauf zu, ohne ihre Schritte zu verlangsamen. Noah konnte ihr unmöglich in den Garten folgen, nicht bei all den vielen Menschen in der Nähe.

»Sydney!«, rief er ihr nach.

Doch sie trat durch das Tor und war wieder auf der Party. War wieder umgeben von dem Lärm und der Musik und dem Rauch ... War wieder in der normalen Welt, in der es keine Typen wie Noah gab.

Roxy stand in der Nähe des Zaunes. Sie hatte inzwischen ihr Make-up erneuert und blickte ihr neugierig entgegen.

»Dein Freund?«, fragte sie und nickte in Noahs Richtung.

Sydney drehte den Kopf und sah gerade noch rechtzeitig, wie Noah in der Dunkelheit verschwand. »Auf keinen Fall«, sagte sie entnervt.

Roxy lachte. »Ich weiß, was du brauchst.«

Sie legte einen Arm um Sydneys Schultern und führte sie zum Bierfass.

Als Sydney aus dem Bad zurück in ihr Zimmer kam, saß Francie mit einem Taschenrechner in den Händen auf dem Bett.

»Das klappt nie und nimmer«, sagte sie, während sie fieberhaft auf die Tasten drückte. »Kira braucht morgen das Aloha-Geld.« Sie warf einen Blick auf ihren Wecker. »Heute«, korrigierte sie sich stöhnend.

»Ich dachte, du wolltest die letzten paar Hunderter mit deiner Kreditkarte finanzieren.« Sydney löste das zusammengewickelte Handtuch um ihren Kopf und sah sich nach einer Bürste um.

Francie hielt ihren Taschenrechner hoch und zeigte auf das kleine Display. »Weißt du, was das an Zinsen kostet?«, seufzte sie. »Ich werde nie die ganze Summe bezahlen können.«

»Ich habe dir doch gesagt, dass ich dir einen Teil des Geldes leihen kann.« Sydney gab sich mit dem Kamm zufrieden, der auf dem kleinen Tisch lag, und zog ihn durch ihre feuchten, zerzausten Haare.

»Du kannst es dir nicht leisten, mir so viel Geld zu leihen.« Francie warf den Taschenrechner auf den Boden. Um ihren Mund war ein leichtes Zucken zu erkennen. »Ich werde meine Bewerbung zurückziehen müssen.«

»Aber du hast dich doch heute Abend köstlich amüsiert!«

Über Francies Wange lief eine Träne. »Ich denke nur praktisch.«

»Das musst du nicht.« Spontan zog Sydney ihre Schreibtischschublade auf und nahm von hinten eine kleine Schachtel heraus – ihr Notfallfonds von Wilson. »Verwenden Sie das Geld, wie es Ihnen richtig erscheint; für alles, was mit Ihrer Sicherheit, Ihrer Tarnung, Ihrer Mission zu tun hat«, hatte er erklärt, als er ihr das Bündel Hunderter in die Hand drückte. »Spione haben nicht immer Zeit, zum nächsten Geldautomaten zu gehen.«

Sydney zählte acht Scheine ab und gab sie Francie. »Genügt das?«

Francie blinzelte verblüfft und atmete dann hörbar ein und aus. »Wieso bewahrst du so viel Geld in deiner Schublade auf?«

»Ich habe es abgehoben für den Fall, dass wir es für die Reise brauchen«, antwortete Sydney und schloss die Schachtel, bevor Francie sehen konnte, wie viel Geld darin noch übrig war. »Nimm es einfach und hör auf, dir Sorgen zu machen. Du kannst es mir später zurückgeben.«

Sie hatte erwartet, dass Francie sich freuen würde, aber ihre Freundin kniff misstrauisch die Augen zusammen. »Das kommt alles von deinem Job bei der Bank?«

»Einen Teil habe ich zum Geburtstag bekommen.«

»Anfang des Jahres warst du pleite. *Völlig* pleite«, erinnerte Francie sie.

»Nun ja ... die Dinge ändern sich, Francie. Ich dachte, du würdest dich freuen, aber wenn du es nicht willst ...«

Sydney griff nach dem Geld, doch Francie zog hastig ihre Hand zurück und schloss die Finger um die knisternden Scheine.

»Nein, ich freue mich ja. Es ist nur ... Danke«, sagte sie verlegen. »Ich werde schon einen Weg finden, es dir zurückzuzahlen.«

»Ich weiß«, nickte Sydney und seufzte, als sie das Licht ausmachte.

Wilson würde ihr noch viel mehr Geld für Aloha geben ...

Und Francie würde auf jeden Cent achten, den sie ausgab.

KAPITEL 4

»Dieser Laden ist umwerfend!«, rief Francie, als sie sich in der luxuriösen Freiluftlobby des *Waikiki Princess Hotel* umsah.

Sydney nickte, ebenfalls überwältigt. Sie standen zusammen mit den über vierzig anderen Verbindungsmädchen, alle in rosa Alpha-Aloha-T-Shirts, in einer Ecke des gigantischen Raumes, und Sydney wusste nicht, wohin sie zuerst gucken sollte – auf das klare, türkisfarbene, knapp hundert Meter entfernte Meer, den etwas näher gelegenen großen Swimmingpool oder die riesigen tropischen Blumenarrangements auf den marmornen Ständern, die überall in der Eingangshalle verteilt waren. Die Mädchen waren alle völlig aufgeregt und redeten laut durcheinander. Roxy, die einen Schwung Zimmerschlüssel in der Hand hielt, hatte Mühe, die Aufmerksamkeit ihrer Schwestern auf sich zu ziehen.

»Schon gut, schon gut«, probierte sie es erneut und hob eine Hand hoch. »Ich weiß, dass ich nicht mit diesen Kerlen konkurrieren kann, die uns dank Kira am Flughafen begrüßt haben –«

Gejohle ertönte, als die Mädchen noch einmal an die sechs Männer mit nacktem Oberkörper erinnert wurden, die sie mit Orchideenketten und Wangenküssen am Flughafen willkommen geheißen hatten. Kira errötete bei dem Lob, während Keisha nur lächelte und noch einmal daran dachte, wie sie den Zwanzig-Dollarschein in den Tapalendenschurz des einen Typen gesteckt hatte.

Schon seit dem Start in Los Angeles war die Stimmung unter den Verbindungsschwestern bestens. Während der ersten Hälfte des Fluges waren sie noch verhältnismäßig ruhig gewesen, aber dann nach und nach ziemlich in Fahrt gekommen. Trotz der wiederholten Mahnungen der Flugbegleiter brachen Gummibandkämpfe aus, und nachdem sich Amanda in der Toilette eingeschlossen hatte, um rosa Strähnen in ihr Haar zu sprühen, hatten alle anderen es ihr nachgemacht. Jedes Alpha-Kappa-Chi-Mädchen, das schon einundzwanzig war, hatte seinen Finger am Rufknopf gehabt und einen Drink nach dem anderen bestellt. Im Hotel angekommen, verhielten sie sich wieder etwas gemäßigter, doch noch immer stützten sich die angetrunkenen Mädchen gegenseitig oder hatten ihre Arme um die Schultern oder Hüften ihrer Freundinnen gelegt.

»In Ordnung!«, durchschnitt Roxys Stimme den Lärm. »Je früher ich diese Schlüssel verteilt habe, desto schneller können wir zum Strand gehen!«

Diese Ankündigung löste erneuten Jubel aus und hinderte Roxy abermals am Weiterreden. Doch schließlich verstummten die Mädchen, sodass sie die Schlüssel endlich ausgeben konnte. Sie teilte immer zwei Mädchen einem Zimmer zu, Sydney tat sie mit Francie zusammen. Das einzige Einzelzimmer behielt sie für sich selbst.

»Ich dachte, wir Bewerberinnen würden jeweils ein Zimmer mit einer der Schwestern teilen«, sagte Sydney leise zu ihr, als sie ihren Schlüssel entgegen nahm. »Du weißt schon, Leute, die uns mehr über die Verbindung erzählen können.«

Und über Jens Tod, fügte sie im Stillen hinzu.

Aber Roxy verzog bedauernd das Gesicht. »Dafür bleibt ja noch genug Zeit. Außerdem weiß ich, dass du gut mit Francie auskommst.«

Sydney akzeptierte und nahm den Schlüssel. Als sie sich umdrehte und Francies Blick bemerkte, zuckte sie jedoch erschrocken zusammen.

»Du willst dir nicht mit mir das Zimmer teilen?«, fragte ihre Freundin gekränkt.

»Darum geht es nicht«, versicherte Sydney. »Es ist nur so, dass wir uns bereits kennen und ... Ich dachte, es wäre nett, andere Leute kennen zu lernen.«

»Dann lern doch kennen, wen du willst«, schniefte Francie, ergriff ihren Koffer und zog ihn zu einem der Aufzüge.

»Francie!«, rief Sydney und folgte ihr. »Ich *will* mit dir das Zimmer teilen. Neue Leute können wir ja auch später noch kennen lernen.«

»Wirklich?«

»Natürlich. Eine ganze Reihe der Mädchen wollen jetzt zum Strand. Oder wir begleiten die anderen, die in Honolulu einkaufen gehen. Außerdem ist da ja noch dieses *Luau* heute Abend. Wir werden jede Menge Gelegenheiten haben, mit den anderen ins Gespräch zu kommen.«

»Nein. Ich meinte, willst du wirklich mit mir zusammenwohnen?«

»Das hängt davon ab. Wirst du auf mich warten, während ich zurückgehe und meinen Koffer hole?«

Francie zuckte mit den Schultern und lächelte dann. »Okay«, nickte sie. »Abgemacht.«

»Das ist wirklich das Paradies, nicht wahr?«, seufzte Sydney genüsslich, während sie mit dem Stiel des obligatorischen Papierschirmchens in dem rosa Getränk in ihrer Kokosnuss rührte. Zu Hause hätte sie einen solch übersüßen Cocktail aus exotischen Früchten nie getrunken, aber hier auf der Terrasse des *Waikiki Princess*, im Licht der orangefarbenen Sonne, die gerade über dem Pazifik unterging, schien er ihr genau das Passende zu sein.

»Es ist nicht schlecht«, erwiderte Roxy mit einem Grinsen. Sie trug an diesem Abend ein blaues, mit Hibiskusblüten bedrucktes Kleid. Ihre leuchtenden Haare fielen in großen Locken auf ihren gebräunten Rücken. »Selbst die Luft fühlt sich hier anders an. Ist dir das aufgefallen, als wir aus dem Flugzeug gestiegen sind?«

»Sofort.«

Die Luft in Oahu war viel feuchter als in Los Angeles, wo schon der geringste Hauch von Schwüle die Bewohner dazu brachte, in den Schutz ihrer Klimaanlagen zu fliehen.

»Es ist, als würde man eine andere Welt betreten«, sagte Roxy und schaute sich um.

Das *Waikiki Princess* war ein verhältnismäßig neues Hotel, aber das *Luau*, das hier jeden Samstagabend veranstaltet wurde, hatte bereits Eingang in die Touristenführer der ganzen Welt gefunden. Der Koch scheute keine Kosten und servierte ein reichhaltiges Menü, angefangen von frischen Meeresfrüchten bis hin zu selbst gemachtem *Poi* auf Bananenblättern. Die Vorbereitungen waren bereits in vollem Gange. Um den Swimmingpool wurden kunstvoll dekorierte Tische in kleinen Gruppen arrangiert, und neben dem künstlichen Wasserfall am hinteren Ende war eine kleine Bühne aufgebaut. In der Ferne, am Rand des Sandstrands, stieg eine Rauchfahne von der traditionellen Grube auf, in der das Schweinefleisch geröstet wurde. Und der Geruch kündigte noch weitere Köstlichkeiten an.

»Da seid ihr ja!«, rief Francie in diesem Moment. »Wir haben euch schon gesucht.«

Zusammen mit Gretchen und Emily, zwei Schwestern, die Sydney nachmittags am Strand näher kennen gelernt hatte, und mit Keisha kam sie auf die beiden zu. Alle AKC-Mädchen trugen jetzt ihre beste Aloha-Tracht, weite, blumengemusterte Kleider, die dem tropischen Klima angemessen waren. Auch die Orchideenketten, die sie morgens am Flughafen überreicht bekommen hatten, hingen wieder um ihren Hälsen, nachdem sie sie tagsüber in den Minikühlschränken in ihren Zimmer aufbewahrt hatten, damit die Blüten frisch blieben.

»Ich kann es kaum erwarten, *Poi* zu essen!«, sagte Gretchen. »Ich habe es noch nie probiert.«

Keishas Lächeln verriet persönliche Erfahrung. »Wenn du so wie die meisten anderen Menschen bist, wirst du es danach auch nie wieder probieren.«

»Ich habe vorhin eine Tüte Tarochips gegessen, und die waren gut«, warf Francie ein. »Und *Poi* wird aus Taro gemacht.«

»Uh-hu. Würdest du sagen, sie waren so gut wie Kartoffelchips?«, fragte Keisha.

Francie blickte etwas kleinlauter drein. »Nun ja ... nein.«

»Und jetzt stell dir vor, dass sie in Wasser aufgelöst und zu einem zähen purpurnen Brei verrührt werden.«

Gretchen musste schlucken. »Aber das *Schwein* schmeckt bestimmt«, meinte sie.

»Das Schwein wird sehr gut schmecken«, versicherte Roxy. »Und wer weiß? Vielleicht magst du auch das *Poi*.«

»Vielleicht mit Ketschup?«, schlug Emily vor.

Die Mädchen gingen über die Terrasse am Pool, und auf Sydneys Gesicht lag ein Lächeln. Vielleicht lag es am Jetlag und der Zeitdifferenz oder an der vielen Sonne, die sie im Laufe des Nachmittags abbekommen hatte, aber sie konnte sich nicht erinnern, wann sie sich zum letzten Mal so entspannt gefühlt hatte – oder so akzeptiert. Mitglied einer Studentinnenverbindung zu sein, *war* überhaupt nicht schrecklich. Es war in Wirklichkeit ziemlich cool.

Als die Sonne hinter dem Horizont verschwand, verdunkelte sich der Himmel langsam und nahm einen Purpurton an. Vor der dunkelgrünen Vegetation zeichnete sich das helle Leuchten von Fackeln mit lodernden blauen und orangenen Flammen ab. Alles wirkte weicher als in Kalifornien: die vom Blumenduft geschwängerte Luft, die milden Brisen, die in den dicht an dicht wachsenden Palmen rauschten.

Die Gesichter der Gäste leuchteten im Fackellicht, und die Umrisse der Leute, die sich in der Dunkelheit bewegten, waren nur verschwommen zu erkennen.

Plötzlich erwachte auf der Bühne Leben. Ein matter Scheinwerfer, kaum stärker als ein Mondstrahl, ging an, und der Klang einer Trommel ertönte. Der archaische Rhythmus verursachte eine Gänsehaut auf Sydneys nackten Armen. Dann betraten Tänzer die Bühne, die dicke Kränze aus grünen Farnen um ihre Köpfe und ihre Knöchel drapiert hatten. Die Menge der Hotelgäste geriet in Bewegung und strömte zu dem Rasen vor der Bühne.

»Das ist so cool«, flüsterte Francie, als sie sich neben Sydney setzte.

Sydney lächelte glücklich. »So ist es. Ich bin froh, dass wir beide hier sind.«

Die Mädchen hakten sich ein und bewegten sich im Rhythmus der Trommel. Kurz darauf gesellten sich Tänzerinnen zu den Männern, und gemeinsam bot die Gruppe eine mitreißende Show. Anschließend sprang ein Mann in einem Anzug und mit einem Mikrofon in der Hand auf die Bühne.

»Aloooooooooo-ha!«, begrüßte er die Menge.

»Aloooooooooo-ha!«, wiederholten die Zuschauer laut, vom Inselgeist erfüllt.

»Ladys und Gentlemen, *Wahines* und *Kanes*, willkommen zu unserem *Luau*. Das Essen ist angerichtet!«, verkündete er.

Der Trommelrhythmus hielt an, während vier Hawaiianer in der traditionellen Inselbekleidung das verlockend aussehende, geröstete Schwein auf einer mit grünen Palmenblättern bedeckten Trage servierten. Die Menge klatschte begeistert und nahm an den gedeckten Tischen Platz. Sydney und Francie fanden einen Tisch, an dem einige der AKC-Mädchen saßen, die sie schon kannten, sowie ein paar, mit denen sie noch nicht gesprochen hatten. Sydney freute sich, als Roxy sich zu ihnen setzte.

Das Essen wurde Gang für Gang serviert, typische Hawaii-Gerichte wie geröstetes Schweinefleisch, Süßkartoffeln, *Poi* und blattumwickelte Fischfilets, gemischt mit Festlandspezialitäten wie gefüllten Sauerteigrollen, gegrillten Schrimps und Crème Brûlée. Sydney wollte eigentlich nicht zu viel essen, falls sie später aus irgendeinem Grund vielleicht noch aktiv werden musste, aber alles war so köstlich. Als sie fertig war, wusste sie, warum *Muumuus* so beliebt war.

»Ich bin so satt!«, stöhnte sie auf und rückte ihren Stuhl etwas vom Tisch ab. »Und das Schreckliche ist, dass diese Schokoladencreme noch immer meinen Namen ruft.«

»Ich hoffe, du kannst tanzen«, sagte Roxy mit einem spitzbübischen Lächeln. »Denn irgendjemand hat uns nachher noch zu einem Hula-Kurs angemeldet.«

»Wer würde nur so etwas Grässliches tun?«, fragte Keisha grinsend. »Oh, warte. Lass mich raten.«

»*Ich* war es!«, rief Roxy, als würde sie ein großes Geheimnis enthüllen. »Der Unterricht ist drüben bei der Bühne.«

»Oh, toll.«

Keisha verdrehte die Augen, aber Sydney durchschaute ihr vorgetäuschtes Desinteresse. Keines der AKC-Mädchen wollte jung oder unerfahren oder – das wäre das schlimmste! – begierig auf etwas erscheinen. Keishas Lösung bestand darin, zunächst immer so zu tun, als würde sie alles langweilen oder abstoßen, bevor sie dann doch mitmachte. Eigentlich war sie ziemlich amüsant, wenn man sie etwas näher kannte.

Ob ich sie auch so schnell durchschaut hätte, wenn ich nicht bei SD-6 wäre?, sinnierte Sydney. Sie war schon immer eine gute Menschenkennerin gewesen, aber die Techniken, die sie bei der CIA gelernt hatte, ermöglichten es ihr, unbekannte Menschen noch viel schneller einzuschätzen.

Die Kellnerinnen kamen und räumten das Geschirr ab.

»Wann fängt der Tanzkurs an?«, fragte Francie.

»Jeden Moment«, antwortete Roxy. Sie stand von ihrem Stuhl auf, ging von Tisch zu Tisch und bat auch die anderen Mädchen, sich vor der Bühne zu versammeln. Den Reaktionen nach zu urteilen war Sydney nicht die Einzige, die nicht mit einem Hula-Kurs gerechnet hatte, als das Tablett mit dem Nachtisch herumgereicht worden war. Doch bald hatten sich alle Alphas auf der Rasenfläche eingefunden und warteten.

Kurz darauf erschien auch Roxy, mit Kira und drei Tänzerinnen im Schlepptau. Die Tänzerinnen stiegen auf die Bühne und forderten die Mädchen auf, sich zu verteilen und in Reihen aufzustellen. Sydney stand ganz vorne, zwischen Roxy, Kira, Alyssa und Val. Aus verborgenen Lautsprechern ertönte sanfte, entspannende Gitarrenmusik, und der Unterricht begann.

»Beim Hula tanzen wir nicht nur«, erklärte die Vortänzerin, »sondern erzählen mit unseren Körpern und unseren Bewegungen zugleich eine Geschichte. Der Hula ist eine sehr alte Tradition und sollte mit Respekt aufgeführt werden.«

»Das hätte mir jemand vor dem zweiten Mai Tai sagen sollen«, scherzte Katie ein paar Reihen hinter Sydney, aber das aufkeimende Kichern war schnell wieder verstummt.

Die Tänzerinnen zeigten ihnen die Basisschritte, und schon bald streifte Sydney die Sandalen ab und bewegte ihre Füße in einem mühelosen, entspannten Rhythmus über das Gras. Sie spürte, dass sie allmählich ein Gefühl für den Hula bekam. Da beugte sich Roxy zu ihr hinüber.

»Guck mal, da geht Ashley«, flüsterte sie und zeigte mit dem Daumen über ihre Schulter. »Sie verschwindet mal wieder.«

Sydney drehte sich um und sah Ashley, die sich gerade aus der hintersten Reihe gelöst hatte und in der Dunkelheit des äußeren Hotelgeländes verschwand.

»Mal wieder? Wahrscheinlich muss sie nur zur Toilette oder so.«

Roxy schüttelte den Kopf. »Das macht sie immer. Kapselt sich ab, als wäre sie zu gut für uns, ohne jemals eine Erklärung abzugeben.«

»Und was treibt sie dann?«

Roxy zuckte mit den Schultern und tanzte weiter. »Wer weiß? Sie versucht es immer heimlich zu tun und scheint wirklich zu glauben, dass ich es nicht bemerke. Aber in Wirklichkeit ist es mir, ehrlich gesagt, einfach egal. Deshalb sage ich nichts.«

Sydney sah wieder nach hinten. Ashley war jetzt nirgendwo mehr zu sehen. Und plötzlich schalteten all ihre Sinne in den Alarmzustand.

»Oh!«, stöhnte sie deshalb laut auf und presste beide Hände gegen ihren Unterleib. »Ich muss auch zur Toilette. Ich hätte nicht so viel essen sollen.«

»Bist du okay?«, fragte Roxy besorgt.

»Ja, ich denke schon, bin sofort wieder da.«

»Ich hoffe, es geht dir gleich besser«, rief Roxy ihr hinterher.

Sydney konnte noch hören, dass Francie sich nach ihr erkundigte, als sie losrannte. Hoffentlich würde sie ihr nicht zur Toilette folgen, denn schließlich wollte sie dort gar nicht hin. Sydney erreichte die obere Terrasse, betrat die Lobby und eilte über den flauschigen Teppichboden zum Parkplatz am vorderen Ausgang. Wenn Ashley *wirklich* vorhatte zu verschwinden, hatte sie nicht viel Vorsprung – und Sydney würde feststellen, wohin sie wollte.

Sie war kaum dort angelangt, als Ashley an der rechten Seite des Hotels aus der Landschaft zu materialisieren schien. Ihre blonden Haare hatte sie unter einem marineblauen Hut versteckt, und eine lange dunkle Windjacke, die ebenfalls aus dem Nichts aufgetaucht war, verbarg ihr buntes Hawaiikleid. Sydneys Herz hämmerte gegen die Brust – Kleidung in Büschen zu verstecken war definitiv ein verdächtiges Verhalten. Sie duckte sich hastig hinter einer Säule, bevor sie entdeckt werden konnte, und beobachtete, wie Ashley die Straße vor dem Hotel überquerte und sich nach Norden wandte. Ein Bus rumpelte heran, hielt am Rinnstein an und versperrte Sydney vorübergehend die Sicht. Als er weiterfuhr, war Ashley fort.

Im Bus!, konstatierte Sydney und rannte hinterher.

Sie hatte gerade einen Block zurückgelegt, als sie zu ihrer Erleichterung an der Ecke ein Taxi entdeckte, aus dem zwei ältere Touristen ausstiegen.

»Sind Sie frei?«, rief Sydney dem Fahrer zu und griff nach der offenen Taxitür. »Ich bin ziemlich in Eile.«

»Wohin wollen Sie?«, fragte er misstrauisch.

»Ich ... weiß es nicht«, gestand sie.

Diese Auskunft überzeugte den Taxifahrer jedoch nicht besonders von ihrer Seriosität und er wollte losfahren, aber sie hielt die Tür fest.

»Meine Freundin ist gerade in den Bus gestiegen. Wir wollten uns hier treffen, aber ich habe mich verspätet, und er ist in diese Richtung gefahren.« Sie log, so schnell sie konnte, und wies die Straße hinunter. »Sie hat mir nicht gesagt, wohin sie will, aber ich muss sie wirklich einholen. Ich zahle Ihnen das Doppelte«, fügte sie hinzu und benutzte dabei einen Trick, den sie von Noah gelernt hatte.

Und wie damals in Paris hatte das Angebot eine magische Wirkung.

Der Taxifahrer zuckte die Schultern. »Steigen Sie ein.«

Als der Wagen sich wieder in den Verkehr einfädelte, war der Bus bereits in der Ferne verschwunden. Aber er musste halten, um die Fahrgäste ein- und aussteigen zu lassen, und nach etwa fünf Kilometern holten sie ihn schließlich ein. Sydney hatte den ganzen Weg über gebetet, dass Ashley nicht zuvor schon irgendwo ausgestiegen war – da sah sie, wie sich die Bustür erneut öffnete und eine junge Frau mit dunklem Hut und Windjacke ausstieg.

»Ja!«, stieß Sydney erleichtert hervor. »Das ist meine Freundin«, erklärte sie. »Sie können mich hier rauslassen.«

Der Taxifahrer zog eine Augenbraue hoch. »Hier?«

»Ja, hier«, bekräftigte sie ungeduldig und zog einen Zwanzig-Dollarschein aus ihrem Ausschnitt. »Was stimmt daran nicht?«

»Nun ... es ist Nacht, das hier ist Chinatown, und wenn Sie mir die Bemerkung gestatten, Ihre Aufmachung *schreit* geradezu: ›Ich bin Touristin‹.«

»Ich kann gut auf mich selbst aufpassen«, versicherte sie, gab ihm das Geld und sprang aus dem Wagen.

Der Mann zögerte, und einen Moment befürchtete Sydney, dass er sie nicht allein zurücklassen würde. Doch dann zuckte er die Schultern und fuhr davon.

Ashley bog um eine Ecke und ging die Straße hinunter. Sie schien nicht zu bemerken, dass Sydney sie verfolgte und bewegte sich mit schnellen Schritten vorwärts. Sydney hielt sich im Schatten und achtete darauf, weit genug hinter ihr zurückzubleiben, um nicht entdeckt zu werden. Als Ashley kurz darauf in die Hotel Street bog, wusste Sydney, dass sie einer größeren Sache auf der Spur war. Die Straße war ein berüchtigter Hort des Verbrechens und der Prostitution. Und obwohl dort in den letzten Jahren angeblich aufgeräumt worden war, wirkte sie auf Sydney äußerst schmuddelig. Es war höchst unwahrscheinlich, dass ein normales Mädchen aus einer Studentinnenverbindung hier irgendetwas zu suchen hatte.

Sofern sie sich kein Tattoo zulegen will, dachte Sydney, während sie an den Fenstern einer hell erleuchteten Bar vorbeihuschte.

Einige Augenblicke später bog Ashley erneut ab und ging eine dunkle Seitenstraße entlang auf ein heruntergekommenes, mit Metall verschaltes Lagerhaus zu. Sydney beobachtete, wie sie einen Zettel aus ihrer Tasche zog, ihn mit der Hausnummer über der Tür verglich und dann in das unverschlossene Gebäude schlüpfte.

Laienhaft, durchfuhr es Sydney, während sie näher heranschlich. Ich hätte mir die Adresse ins Gedächtnis eingeprägt.

Da es zu riskant war, ebenfalls die Tür zu benutzen, durch die Ashley verschwunden war, schlich sie an der Seite des Lagerhauses entlang und suchte nach einer anderen Möglichkeit. Auf der Ebene des Erdgeschosses bestand die Wand durchgehend aus solidem Blech, aber in zweieinhalb Metern Höhe gab es eine Reihe von Fenstern. Sydney entdeckte eines, das offenstand und verbrachte wertvolle Sekunden mit der Suche nach etwas, auf das sie sich stellen konnte, um einen Blick hindurch zu werfen. Schließlich fand sie einen Metallmülleimer, drehte ihn um und stieg, ohne ein Gräusch zu machen, auf das wackelige Podest. Von dort sah sie, wie Ashley sich im Lichtschein einer Kerze angeregt mit zwei Männern in der Mitte des großen, leeren Gebäudes unterhielt.

Das ist nicht gut, dachte Sydney nervös.

Sie ging ein großes Risiko ein, wenn sie hier spionierte,

denn sie konnte jederzeit von einem Passanten gesehen werden. Und dummerweise war sie zu weit entfernt, um auch nur ein einziges Wort der Unterhaltung zu verstehen. Außerdem war es von dieser Position aus unmöglich, die Gesichter der drei zu erkennen. Ashleys wurde von ihrem dunklen Hut verborgen, und ihre beiden männlichen Kontaktleute hatten die Kapuzen ihrer Pullover übergezogen, sodass nur die Augen zu sehen waren. Sydney vermutete, dass die Beulen an ihren Hüften von Waffen stammten. Was sie allerdings mit Sicherheit wusste, war, dass Ashleys Freunde keine Verbindungsjungs waren. Um genau zu sein, sie waren genau die Sorte Kerle, vor denen Ashley eigentlich vor Angst schreiend davonrennen sollte.

Sofern sie die Männer nicht kennt. Sofern sie nicht Undercover-Agenten sind!, durchfuhr es sie plötzlich.

Sydney setzte ihre Beobachtung fort, während sie in Gedanken die unterschiedlichen Möglichkeiten durchging. Dann sah sie, dass einer der Männer Ashley die Hand schüttelte, und es war klar, dass das Treffen beendet war. Sydney sprang von dem Mülleimer, da das Risiko einer Entdeckung jetzt zu groß wurde, und huschte in einen Hauseingang auf der anderen Seite der Straße.

Doch Ashley tauchte nicht auf.

Soll ich reingehen?, fragte sie sich, während sie in ihrem Versteck nervös von einem Fuß auf den anderen trat.

Gibt es einen Hinterausgang?

Haben sie sie getötet?

Während sie noch unentschlossen hin und her überlegte, sah sie, wie Ashley unversehrt in der Tür auftauchte. Sie schien sogar zu lächeln. Ihre Zähne blitzten weiß in der Dunkelheit. Sie sah sich vorsichtig um, nahm dann den Hut ab und schüttelte ihre Haare. Offenbar machte sie sich keine Sorgen mehr, gesehen zu werden.

Das ist es also, dachte Sydney betäubt. Ich habe meine Schwester, die Spionin, gefunden.

KAPITEL 5

Am nächsten Morgen stand Sydney schon früh gedankenversunken zwischen Mangroven in einer menschenleeren kleinen Bucht am Rand von Pearl Harbor und plante die Mission für die kommende Nacht.

Es war nicht schwer gewesen, sich aus dem Hotel zu schleichen, weil alle anderen noch schliefen. Die meisten Mädchen waren nach dem *Luau* nämlich spontan losgezogen, um sich noch weiter zu amüsieren. Daher schien auch keiner ihr Verschwinden gestern Abend weiter bemerkt zu haben.

Keiner bis auf Francie, die halb verrückt vor Sorge gewesen war, ob Sydney krank sein oder sich verirrt haben könnte. Sydney hatte lügen müssen und ihr erzählt, dass sie die Toilette vorne in der Lounge benutzt und sich dort anschließend auf eine Liege gelegt habe, wo sie dann aus Versehen eingenickt wäre. Da sie nur neunzig Minuten fort gewesen war, hatte Francie ihr die Geschichte abgekauft, wenngleich sie dabei keinen besonders glücklichen Eindruck machte.

»Ich wusste einfach nicht, *was* mit dir ist«, beschwerte sie sich. »Ich dachte schon, Bären hätten dich angefallen.«

»Auf Hawaii?«, entgegnete Sydney skeptisch.

»Oder Haie. Was weiß ich. Gehst du mir aus dem Weg?«

»Quatsch!«

»Seit wir mit diesen Mädchen zusammen sind, benimmst du dich ziemlich seltsam.«

»Wovon redest du?«

»Ich habe das Gefühl, als würdest du lieber mit ihnen als

mit mir die Zeit verbringen. Irgendwie ist es so, als hätte sich deine ganze Persönlichkeit verändert!«

»Francie, ich hatte eine leichte Lebensmittelvergiftung oder so. Das ist alles.«

Dann versprach sie Francie, am nächsten Tag mit ihr eine Sightseeing-Tour zu machen und hatte sie damit wieder etwas beruhigen können. Im Morgengrauen war sie dann leise aufgestanden, hatte ihren Jogginganzug angezogen und war aus dem Zimmer geschlüpft.

Hoffentlich schläft Francie noch, dachte sie jetzt, als sie in der kleinen Bucht stand und ein entspiegeltes Minifernglas aus der Tasche zog. Wenn sie nicht zu spät zurückkam und leicht verschwitzt aussah, würde Francie annehmen, dass sie joggen gewesen war – und nicht auf den Gedanken kommen, dass Sydney sich in Wirklichkeit ein Mietauto genommen, ihren GPS-Empfänger aktiviert hatte und dann fünfzehn Kilometer die Küste hinaufgefahren war.

Sie richtete ihr Fernglas auf den riesigen Hafen. Allerdings konnte sie ihn von ihrem Standort aus nicht ganz übersehen, ja, sie konnte nicht einmal mit Sicherheit die Stelle bestimmen, wo sie tauchen musste. Da war nur das windgepeitschte Wasser weit vor der Küste. Ihr Aufgabe an diesem Morgen war jedoch einfach: sich mit der Umgebung vertraut zu machen, in der sie später in totaler Dunkelheit tauchen würde.

In der Ferne, vor Ford Island, der großen Landmasse in der Mitte des Hafens, wo das Schlachtschiff *Arizona* vertäut gewesen war, als die Japaner angriffen, lagen jetzt Schiffe der Navy vor Anker. Sydney versuchte, sich die Panik an jenem Tag vorzustellen – ein Bild, das in schroffem Gegensatz zum Frieden der Gegenwart stand: Flugzeuge dröhnten im Tiefflug heran, Schiffe wurden von Bomben und Torpedos getroffen, überall stieg Rauch auf, und Hunderte in Angst versetzte, junge Amerikaner kämpften um ihr Leben ...

Sydney senkte das Fernglas, entschlossener als je zuvor, Dr. Sulers Prototypen zu finden. Die Welt hatte sich seit dem Jahr 1941 verändert, aber Krieg war noch immer genauso schrecklich wie damals. Sie würde alles in ihrer Macht stehende tun, um ein weiteres Pearl Harbor zu verhindern. Buchstäblich alles.

Das Wasser hier ist ziemlich trübe, stellte sie fest, als sie die seichten Stellen vor der Küste musterte. Im Gegensatz zu dem kristallklaren offenen Meer war das Wasser im Hafen von einem dunklen Erbsengrün. Kein Wunder, dass niemand weiß, was dort unten liegt – die Sicht ist zu schlecht. Und es ist ein verdammt weiter Weg, um dorthin zu schwimmen, sinnierte sie.

Aber trotzdem war es sicherer für sie, von dieser Bucht aus aufzubrechen, fünfzig Meter von der nächsten Straße entfernt, statt in den Militärstützpunkt einzudringen, wo es hundert Mal wahrscheinlicher war, dass sie Verdacht erregen würde. Aber ein Boot konnte sie auch nicht benutzen – das würde man zu schnell entdecken.

Ich werde mir einen Unterwasserscooter besorgen, entschied sie. Als Teil ihres SD-6-Tauchtrainings hatte sie bereits ein paar Mal mit diesen propellergetriebenen Maschinen geübt. An Land war ein Scooter schwerfällig, aber sobald er im Wasser war, würde er ihr helfen, Kraft und Sauerstoff zu sparen, indem sie sich von ihm zu der Tauchstelle schleppen lassen konnte. Sie würde sich die ganze Zeit unter der Wasseroberfläche bewegen, um von der Küste aus nicht gesehen zu werden, und wenn sie ihr Ziel erreichte, würde sie all ihre Kräfte für den Tauchgang einsetzen können.

Nachdem Sydney ihren Plan gefasst hatte, eilte sie den leicht ansteigenden Hang hinauf zurück zu ihrem Mietwagen. Sie hatte an einer unbefestigten Ausbuchtung an der Hafenseite der Straße geparkt, wo Büsche und Sträucher einen guten Sichtschutz boten. Nachts würde ihr schwarzer Wagen dort unmöglich zu entdecken sein.

Okay, was brauche ich?, überlegte sie und stellte im Geist eine Liste zusammen, während sie mit dem Wagen zurück auf die Straße setzte und zum nächsten Tauchergeschäft fuhr. Den Scooter, Maske, Flossen, Sauerstofftank, Taucherlampe, Taucherbeutel ... Soll ich mir ein Messer besorgen?

Es konnte nicht schaden für den Fall, dass sie auf etwas stieß, das sie zerschneiden musste. Oder aufbrechen. Oder töten.

Beispielsweise einen Hai.

Bei diesem Gedanken lief ihr ein Schauer über den Rücken. Nachts in einem derart trüben Gewässer würde ein Hai über sie herfallen können, noch bevor sie ihn sah. Nicht, dass sie ihm schwimmend entkommen könnte, *wenn* sie ihn frühzeitig bemerkte ...

Vielleicht mögen Haie gar keine Häfen, versuchte sie sich zu beruhigen. Sie halten sich wahrscheinlich alle draußen im Meer auf und jagen Fische.

Moment ... fressen sie nicht Seehunde?

Wieder überlief sie eine Gänsehaut. In dem schwarzen Taucheranzug würde sie für einen Hai vielleicht ähnlich wie ein Seehund ...

Ich habe schon genug mit Atombomben, Spionen und einer verärgerten Freundin zu tun. Ich habe keine Lust, auch noch an Haie zu denken!

»Wo bist du gewesen?«, fragte Francie sofort, als Sydney ins Zimmer kam. Sie saß auf dem ungemachten Bett und trug ein rückenfreies, rosa Minikleid mit Nackenband und einen Strohhut auf dem Kopf. »Wir kommen zu spät zum Frühstück!«

»Nein, das werden wir nicht«, versprach Sydney und zog die Tür hinter sich zu. »Ich will nur eben kurz duschen und frische Shorts anziehen, dann bin ich fertig. Es dauert höchstens fünf Minuten.«

»Die meisten Mädchen sind schon unten«, maulte Francie. »Heute Morgen gibt es ein Poolbüfett, schon vergessen?«

»Dann geh schon mal ohne mich. Ich komme nach.«

Sydney eilte zu ihrem Koffer und nahm ein frisches Top

heraus. Der »Schweiß« auf ihrem Jogginganzug stammte von einer Flasche Evian, aber das ahnte Francie nicht.

»Ich *will* aber nicht ohne dich gehen«, sagte Francie. »Alles muss ich ohne dich machen.«

»Das ist nicht wahr.«

»Es hat aber ganz den Anschein. Seit wir hier eingetroffen sind, bist du ständig unterwegs.«

Sydney griff nach den restlichen Sachen, die sie brauchte. »Vielleicht. Ein wenig. Aber da sind doch all die anderen Mädchen, und es gibt so viele Sachen, die du machen kannst. Amüsierst du dich denn nicht?«

»Schon. Es ist nur ... Wir machen nach dem Frühstück doch unsere Sightseeing-Tour, nicht wahr? Du und ich?«

»Und je früher ich unter die Dusche komme, desto eher können wir aufbrechen.«

Francie machte ihr ein Zeichen, dass sie sich beeilen solle, und Sydney hastete ins Bad. Während das heiße Wasser auf sie herabprasselte und sie sich so schnell sie konnte einseifte, versuchte sie herauszufinden, was mit ihrer besten Freundin los war.

Francie ist nicht mehr sie selbst, seit ich AKC *erwähnt* habe.

All ihre Beschwerden – über Hochnäsigkeit, über Geld, über Sydneys Aktivitäten – passten überhaupt nicht zu ihr. Und sobald Sydney etwas geselliger als sonst wurde, war Francie gleich doppelt so klettenhaft.

Es ist fast so ... sie ist eifersüchtig!, dämmerte es Sydney.

Abgesehen von ihrem Kumpel Todd hatte Sydney keine weiteren engen Freunde im College. Sie und Francie waren beste Freundinnen, Zimmergenossinnen, Vertraute. Um genau zu sein, sie waren so gut wie unzertrennlich, seit sie sich im Sommer kennen gelernt hatten.

»Ich bin fast fertig!«, rief Sydney. Plötzlich hatte sie verstanden.

»Na sicher«, gab Francie mürrisch zurück. »Willst du mit nassen Haaren nach unten gehen?«

»Ja«, antwortete Sydney. »Wenn es dich glücklich macht, werde ich das tun!«

Das Büffet am Pool war extra für die AKC-Mädchen aufgebaut worden. Und Sydney war die Einzige, die mit nassen Haaren dort erschien. Genauso, wie sie die einzige war, auf deren Gesicht auch nicht die leiseste Spur von Make-up zu sehen war. Ganz zu schweigen von ihrem weißen Top und den Jeans-Shorts, mit denen sie eindeutig die am wenigsten elegante Aufmachung trug. Beim Verlassen des Zimmers hatte sie sich darüber keine Gedanken gemacht, aber inzwischen fürchtete sie, dass das vielleicht ein Fehler gewesen war.

»Vielleicht hätte ich mir doch meine Haare trocknen sollen«, raunte sie Francie zu, als sie ihre Teller nahmen und sich in die Schlange vor dem Büfett stellten. »Jesses. Ich dachte, die anderen wären in ihren Badeanzügen hier unten.«

Francie schüttelte ungläubig den Kopf. »Soll das ein Witz sein? Ist es dir denn überhaupt nicht aufgefallen?«

»Was?«

»Die Uniformen!«, flüsterte Francie. »Diese Mädchen haben eine Uniform für alles – sie sagen uns nur nicht, welche man bei welcher Gelegenheit anzieht.«

»Das ist doch verrückt«, sagte Sydney und verzog das Gesicht. Dann sah sie sich um. Mit Ausnahme von ihr und Roxy – die ja immer ihren eigenen Kopf hatte – trugen alle Schwestern ein kurzes Kleid und einen breitkrempigen Sonnenhut.

»Und wer hat *dich* vorgewarnt?«, fragte sie Francie.

»Ich bekomme allmählich ein Gefühl dafür, das ist alles.«

Sydney warf ihr einen skeptischen Blick zu.

»Außerdem könnte es sein, dass ich gestern Nacht gehört habe, wie einige Mädchen darüber redeten.« Francie, ertappt, lächelte verlegen.

»Danke für die Mitteilung.«

Die Schlange bewegte sich vorwärts, und Sydney füllte

ihren Teller. Sie verzichtete auf die Rühreier mit Schinken und die Pasteten und nahm nur von den frischen tropischen Früchten.

»Ich suche uns einen Tisch«, sagte sie zu Francie.

Sie griff noch nach einer Gabel, drehte sich um – und prallte fast gegen Ashley.

Miss Perfect trug ein weiteres ihrer stets makellosen rosa Ensembles. Sie musterte Sydney von oben bis unten und schürzte missbilligend die Lippen.

»Ist es gestern Nacht spät geworden?«, fragte sie sarkastisch. Ihr snobistischer Ton war so L.A., dass er fast *zu* L.A. war, fand Sydney. Das war ihr schon früher aufgefallen, aber jetzt fragte sie sich plötzlich, ob Ashley damit vielleicht nur einen anderen Akzent kaschierte – einen ausländischen Akzent.

»Ich könnte dich dasselbe fragen«, gab sie zurück.

Ashley wurde blass. »Was soll das heißen?«

»Ich habe nur beobachtet, wie du den Hula-Kurs verlassen hast. Und hinterher habe ich dich nicht mehr gesehen. Ein heißes Rendezvous?«

»Das geht dich nichts an!«, fauchte Ashley. Sie machte auf dem Absatz ihrer Designersandalen kehrt, stolzierte am Pool entlang und setzte sich an den am weitest entfernten Tisch.

»Wow!«, sagte Francie. »Ich glaube, du hast sie wütend gemacht.«

»Ja«, bestätigte Katie hinter ihnen. »Sie hat ziemlich übertrieben reagiert.«

Sydney zuckte die Schultern, den Blick auf ihre neue Feindin gerichtet. »Ich habe den Eindruck, dass Ashley auf diese Weise durchs Leben geht.«

Katie lachte entzückt. »He, du kapierst schnell!«

»Sydney!«, mahnte Francie nervös. »Es wird uns bei der Bewerbung nicht helfen, wenn du einen Krieg mit Ashley anzettelst.«

»Was habe ich denn getan?«, protestierte Sydney mit gespielter Unschuld. »Ich habe nur eine einfache Frage gestellt.«

Nicht, dass sie eine Antwort erwartet hatte. Aber es konnte nicht schaden, ein wenig an Ashleys Fassade zu rütteln. Eine geschickt formulierte, versteckte Andeutung würde sie vielleicht dazu bringen, einen Fehler zu machen.

»Zerbrich dir darüber nicht den Kopf«, sagte Katie. »Ashley kann so viel stänkern, wie sie will – wenn Roxy dich mag, bist du drin.«

Als sie von ihrer Sightseeing-Tour zurückgekehrt waren und Francie gerade unter die Dusche gegangen war, klingelte Sydneys abhörsicheres SD-6-Handy. Sie stürzte zu ihrem Koffer, wühlte es unter ihren Klamotten hervor und drückte die Empfangstaste.

»Hallo?«, flüsterte sie und hoffte, das Geräusch des laufenden Wassers würde ihre Stimme übertönen.

»Hi«, sagte eine männliche Stimme am anderen Ende der Leitung. »Ich bin's. Noah.«

»Noah?« Völlig überrascht setzte sie sich hin.

»Hör zu«, fuhr er fort. »Ich weiß nicht, was an dem Abend passiert ist, aber ich muss die ganze Zeit daran denken.«

»Ich ... du hast nicht ...« Sie war so verblüfft, seine Stimme zu hören, dass sie sich kaum daran erinnern konnte. »Du hast mich wütend gemacht.«

»Ja. *Das* habe ich kapiert.«

»Oh.« War sie vielleicht ein wenig zu empfindlich gewesen?

»Du hättest mir sagen können, dass es eine Mission war«, fügte er hinzu. »Das hätte die Sache geklärt.«

»Ich weiß.« Sie seufzte. »Es ist nur ... es sind eine Menge Dinge.«

»Ich weiß.«

»Tatsächlich?«, meinte sie und fragte sich, ob er gerade irgendetwas zugegeben hatte.

»He, ich habe gerade erfahren, dass du auf Hawaii bist«, meinte er, das Thema wechselnd. »Ich bin total neidisch!«

»Es ist herrlich hier. Francie und ich sind gerade mit dem Bus nach Diamond Head gefahren und danach in dieser wunderschönen Hanauma Bay schwimmen gewesen. Die Fische dort sind geschützt – sie verhalten sich fast wie zahme Tiere.«

»Wieso bekommst eigentlich immer *du* die bequemen Aufträge?«

»Stimmt, die Abwasserkanäle von Paris. Die waren wirklich bequem.«

»Welcher Abwasserkanal? Das war ein Tunnel.«

»Nenn es, wie du willst. Es ist nur der verzweifelte Versuch, all dieses Zeug zu vergessen, das im Wasser trieb.«

Noah lachte, und sie fiel ein. Es war erleichternd, offen über ihren Job reden zu können. Die Dusche nebenan lief noch immer mit voller Kraft, und Noah war der einzige Mensch auf der Welt, der diesen geheimen Teil ihres Lebens kannte – richtig kannte.

»Und, wo ist deine feine Studentinnenverbindung abgestiegen?«, fragte er. »Im *Royal Hawaiian?«*

»Nein, wir wohnen in einem neueren Hotel, *Waikiki Princess.«*

»Ich habe davon gehört. Ich habe gehört, dass es sehr schön dort sei.«

»Du meinst, ich bin wirklich an einem Ort, an dem du noch nie gewesen bist?«

»Tatsache ist«, stichelte Noah lachend, »dass ich noch nie in einer Studentinnenverbindung gewesen bin.«

»Ich vermisse dich«, stieß Sydney unvermittelt hervor – und bereute es sofort wieder. Das war das *Letzte,* was sie hätte zugeben dürfen!

Aber Noah überraschte sie erneut.

»Ich vermisse dich auch«, sagte er.

KAPITEL 6

»Um was geht es bei diesem Treffen?«, fragte Francie, als sie zusammen mit Sydney im Aufzug in die Kelleretage fuhr.

»Keine Ahnung«, erwiderte Sydney. »Roxy hat nur gesagt, wir sollten alle um vier Uhr in den Aloha-Raum kommen.«

Francie sah auf ihre Armbanduhr. »Besonders früh hat sie uns ja nicht vorgewarnt.«

»Du kennst Roxy. Formalitäten liegen ihr nicht.«

Um genau zu sein, hatte Sydney gerade ihr Gespräch mit Noah beendet, als das Zimmertelefon klingelte und Roxy sie über dieses unangekündigte Treffen informierte. Francie hatte sich beeilen müssen, ihr Haar zu föhnen, und keine von ihnen hatte eine Ahnung, welches die angemessene AKC-Kleidung für ein überraschend angesetztes Meeting sein könnte. Sie hatten sich schließlich für blumengemusterte Kleider entschieden und drückten sich nun die Daumen.

Als sie im Geschoss »Blauer Pazifik« angekommen waren, öffneten sich die Aufzugtüren. Ein Messingschild verriet ihnen, dass der Aloha-Raum links lag.

»Vielleicht stehen weitere Spiele auf dem Programm«, spekulierte Francie, während sie dorthin gingen.

»Vielleicht.« Doch Sydney hoffte, dass das nicht der Fall war. Sie hatten schon am Morgen nach dem Frühstück diese Art von Spielen gespielt, bei denen es darum ging, sich den anderen zu offenbaren – genau, wie Wilson es vorhergesagt hatte. Zum Glück für Sydney hatte zu den tiefen und bedeutsamen Geheimnissen, die ihre neuen Schwestern von ihr wissen wollten, nur so streng Gehütetes gehört wie ihre Lieblingskekse – Schokoladenchips – und der Name des ersten Jungen, den sie je geküsst hatte – Brian Peters, in der vierten Klasse.

»Ich glaube, Emily hat geschummelt, um die Krone zu gewinnen«, sagte Francie mit leiser Stimme.

»Das glaube ich auch. Aber da sie aus Lutschern besteht, kann sie sie ruhig haben.«

Die Freundinnen grinsten sich an, wieder auf derselben Wellenlänge wie früher. Doch Sydneys Herz war zugleich woanders. Seit sie aufgelegt hatte, sehnte sie sich nach Noah.

Es ist typisch für ihn, so nett zu sein, wenn ich nichts damit anfangen kann, dachte sie unglücklich. Warum kann er nicht nett sein, wenn wir zusammen sind?

Trotzdem war er kurz davor gewesen, ihr seine Gefühle zu gestehen. Das war eindeutig ein Fortschritt.

Im Aloha-Raum hatten die meisten Mädchen bereits Platz genommen. Roxy stand vorne und trat ungeduldig von einem Fuß auf den anderen. Sie schien es kaum erwarten zu können, mit einer Neuigkeit herauszuplatzen. Als sie Sydney hereinkommen sah, hob sich ihre Stimmung.

»Also, wer fehlt noch?«, wandte sie sich an Kira, die mit einer Liste in den Händen aufsprang. Kira las vier Namen vor, darunter Ashleys.

»Wie spät ist es?«, fragte Roxy.

»Fünf Minuten nach vier.«

»Okay. Sie kommen zu spät, und ich werde nicht länger warten.« Um Zustimmung heischend, blickte sie die anderen an.

»Ja, fang schon an«, sagte Keisha. »Denn falls du es noch nicht bemerkt hast, draußen ist es viel schöner als hier im Keller.«

»Also«, verkündete Roxy mit vor Aufregung großen Augen. »Ich habe für uns alle eine Kreuzfahrt gebucht!«

Unter den Mädchen brach einhelliger Jubel aus über diese unerwartete Ankündigung. Sie johlten und überhäuften sie mit Fragen.

»Wohin fahren wir?«, riefen mehrere Stimmen gleichzeitig.

»Es ist nicht so eine Art von Kreuzfahrt«, wiegelte Roxy lachend ab. »Sondern eine Katamaran-Dinner-Kreuzfahrt, die heute Abend stattfindet! Wir haben wirklich Glück, denn wir sind so viele und es war ziemlich kurzfristig. Aber ich habe fünfundvierzig Plätze auf einem Boot bekommen, das zweihundert Personen fasst. Wir werden draußen auf dem Meer zu Abend essen, mit einer Bar und Tanz. Es wird ein Riesenspaß!«

Die Mädchen redeten aufgeregt durcheinander. Die meisten waren sich einig, dass eine Katamaranfahrt entschieden besser war als der ursprünglich vorgesehene freie Abend.

»Noch etwas«, fügte Roxy hinzu, glücklich, dass ihr Plan auf so viel Begeisterung stieß. »Wir haben Kiras Kreditkarte benutzt, um die ganzen Plätze zu reservieren. Jeder von uns schuldet ihr daher hundertfünfzig Dollar. Wie sollen wir sie dir zurückzahlen?«

»Am besten per Scheck. Ich kann zwar auch Bargeld annehmen, aber wenn alle so zahlen, muss ich zu viel Geld mit mir herumschleppen.«

»Ihr könnt das selbst mit Kira ausmachen, Leute«, sagte Roxy. »Der Shuttlebus des Hotels bringt uns um viertel vor sechs zum Kai, um viertel nach sechs läuft das Boot aus. *Spätestens* um zwanzig vor sechs müssen also alle abfahrbereit in der Lobby sein. Irgendwelche Fragen?«

Keiner hob die Hand.

»Okay. Das Treffen ist beendet!«

Alle sprangen auf und stürzten zu Roxy, um ihr weitere Einzelheiten zu entlocken, oder zu Kira, um ihr das Geld zu geben. Sydney und Francie wechselten einen weniger begeisterten Blick und gingen hinaus auf den Flur.

»*Noch mehr* Geld«, grummelte Francie. »Jetzt habe ich nicht mal mehr die *Möglichkeit*, aufs Abendessen zu verzichten.«

»Es läppert sich zusammen«, stimmte Sydney zu.

Aber sie beschäftigte ein viel größeres Problem. Sie hatte sich, sobald es ganz dunkel wurde, davonschleichen und ihre Mission in Pearl Harbor durchführen wollen. Jetzt würde sie irgendwo auf einem Boot festsitzen – und sie wusste nicht einmal wie lange.

»Das Problem mit dieser Verbindung ist«, sagte Francie düster, als könnte sie Sydneys Gedanken lesen, »dass uns unser Leben nicht mehr selbst gehört. Ich habe das Gefühl, die ganze Zeit hinterherlaufen zu müssen, nur um Schritt zu halten. Mit dem Geld, der Kleidung, dem Terminplan, den Mädchen ...«

»Wir sind neu. Bald wird es leichter.«

»Das hoffe ich«, grummelte Francie.

»Es ist ja doch ziemlich schön«, murmelte Sydney und stützte sich neben Francie mit den Ellbogen auf die Reling. Vor ihnen breitete sich der Pazifik bis zu einem weiteren spektakulären Sonnenuntergang aus, und unter ihren Füßen schaukelte der Hightech-Katamaran gerade stark genug, um sie daran zu erinnern, dass sie sich auf einem Boot befanden.

»Ich hoffe nur, dass sie bald das Abendessen servieren«, erwiderte Francie mit einem Blick über die Schulter.

Sydney folgte ihrem Blick zur Bar auf dem Achterdeck, wo viele der Schwestern bereits ihren zweiten oder dritten Ananascocktail schlürften. Sobald die Männer an Bord mitbekommen hatten, dass sich eine Gruppe Studentinnen in ihrer Mitte befand, waren die Mai Tais und Blue Hawaiis in Strömen geflossen, und zwar im doppelten Sinne.

»Diese blauen Drinks sehen einfach ... irgendwie fies aus«, fügte Francie hinzu. »Als würde man Ty-D-Bol trinken.«

»Geh und sag das Ashley. Sie wird begeistert sein«, grinste Sydney und stellte sich deren Reaktion vor, wenn man ihren Cocktail mit einem Toilettenreiniger vergleichen würde. Sie hatte mehr von diesen Drinks hinuntergekippt als alle anderen; Sydney wusste das, weil sie ihre Rivalin, seit sie an Bord des Bootes gegangen waren, im Auge behalten hatte. Sie ging zwar nicht davon aus, dass Ashley sich in dieser Nacht wieder irgendwohin absetzen würde – schließlich saß sie genauso in der Falle wie Sydney – aber es konnte nicht schaden, sie zu beobachten.

Die Bar und die Palmen in den Töpfen, die um die Tanzfläche herum standen, waren mit weißen Lichterketten geschmückt, die jetzt aufleuchteten, als mitgeteilt wurde, dass das Abendessen angerichtet sei. Die Passagiere begaben sich in einen Salon mit niedriger Decke, einem Büfett und drei langen, schmalen Tischen, an denen gegessen wurde. Roxy machte gar nicht erst den Versuch, die AKC-Schwestern in dem bunten Treiben zu einer Gruppe geschlossen an einen der Tische setzen zu wollen. Alle Mädchen bedienten sich am Büffet und nahmen nach Belieben irgendwo Platz. Der Raum war von Gesprächen und Gelächter erfüllt, und die Kellner liefen hin und her, um Drinks zu servieren – eine Aufgabe, bei der sie alle Hände voll zu tun hatten, denn die Nachfrage war beachtlich. Sydney, die neben Francie saß, beobachtete aus den Augenwinkeln heraus Ashley, die am Ende des nächsten Tisches saß und ziemlich angetrunken mit einem Mann flirtete, der mindestens fünfzehn Jahre älter war als sie. Mit einem Mal ertönte vom Deck Tanzmusik, und die meisten sprangen begeistert von ihren Plätzen.

Ein junger Mann wandte sich zu Francie und lächelte sie an. »Möchtest du tanzen?«

»Woher wusstest du das?«, fragte sie erfreut und sprang auf. Dann fiel ihr Sydney ein. »Oh. Du hast doch nichts dagegen, dass ich …?«

»Nein, geh ruhig«, ermunterte sie Sydney. »Amüsier dich.« Sie war viel zu sehr mit Ashley und dem Unbekannten beschäftigt, um sich überhaupt weiter um Francie zu kümmern. Kannte Ashley diesen Mann? War er womöglich ein Kontakt?

Vielleicht ist sie ja gar nicht wirklich betrunken!, überlegte sie. Schließlich hatte sie selbst ebenfalls gelernt, Trunkenheit vorzutäuschen – obwohl all die Drinks, die Ashley die ganze Zeit über gekippt hatte, irgendeine Wirkung haben mussten. Aber vielleicht hat sie auch nur Fruchtcocktails bestellt ... Das ergab Sinn; keine vernünftige Spionin würde sich in der Öffentlichkeit derart betrinken. Aber warum sollte Ashley einen Schwips vorspielen? Was wollte sie tarnen?

In diesem Moment stand Ashleys Dinnerpartner plötzlich auf, ging in einigen Metern Entfernung an Sydney vorbei und verließ den Raum. Obwohl er eine Kakihose und ein Hawaiihemd trug, ließ sich nicht verbergen, dass er eigentlich der Typ Geschäftsmann war. In seinen dunklen Haaren schimmerten graue Strähnen.

Er erinnerte Sydney an Wilson.

Das ist es!, dachte sie aufgeregt. Ashley brauchte diesen vermeintlichen Schwips als Vorwand, um sich mit einem Mann unterhalten zu können, der absolut nicht zu ihr passte.

Sydney war sich jetzt sicher, dass es sich bei ihm um eine Kontaktperson handelte. Sie stand auf und folgte ihm.

Der Fremde verschwand kurz darauf in der Herrentoilette. Sydney konnte es nicht riskieren, ihm hinein zu folgen, und stellte sich daher in der langen Schlange bei den Damen an – in der Hoffnung, dass er wieder herauskommen würde, bevor sie an der Reihe war. Was er auch tat. Er wandte sich jetzt Richtung Bug, und Sydney folgte ihm.

Draußen auf dem Deck herrschte inzwischen tiefe Dunkelheit. Der aufgehende Mond warf einen Silberschein auf das Meer, aber das Boot selbst blieb im Schatten. Vorsichtig hielt Sydney einigen Abstand zu dem Mann. Außer ihnen beiden befand sich fast niemand auf diesem Teil des Schiffes. Glücklicherweise übertönte die hämmernde Musik von der Tanzfläche auf dem Achterdeck ihre Schritte. Hin und wieder drangen auch Gelächter oder Rufe durch die warme Nachtluft hinüber. Der Mann blieb stehen, blickte einen

Moment hinaus auf die See und suchte dann etwas in seinen Taschen. Sydneys Anspannung wuchs.

Dann leuchtete eine kleine Flamme auf und wurde an die Spitze einer Zigarette gehalten. Der Mann lehnte sich an die Reling und stieß Rauchringe in die Nachtluft.

Sydney zögerte verwirrt. War er wirklich nur hierher gekommen, um zu rauchen, oder hatte er bemerkt, dass sie ihn verfolgte? Wartete er möglicherweise nur darauf, dass sie einen weiteren Schritt machte?

Während sie noch hin und her überlegte, ob sie hier bleiben oder besser umkehren und weiter Ashley beobachten sollte, gellte durch die laute Tanzmusik hindurch ein panischer Schrei vom Achterdeck hinüber. Dann brach die Musik ab.

Sydney vergaß den mysteriösen Mann, fuhr herum und rannte nach hinten.

Auf der Tanzfläche herrschte Chaos. Alle redeten und schrien durcheinander und versuchten herauszufinden, was passiert war. Mitten im Gedränge, nur einen halben Meter von der Seitenreling entfernt, erblickte Sydney Ashley, die völlig aufgelöst auf Roxy und zwei Besatzungsmitglieder einredete. Um sie herum standen zahlreiche Menschen.

Sydneys unheilvolles Gefühl verstärkte sich, und sie bahnte sich ihren Weg durch die Menge.

»Dieses Mädchen! Du weißt schon, dieses *Mädchen!«,* rief Ashley immer wieder. »Sie war direkt hier. Ich habe sie gerade noch gesehen!«

»Wen, Ashley?« Roxys Augen waren angsterfüllt. »Beruhige dich und sag uns, was passiert ist.«

»Da war dieses Platschen! Du hast es gehört, nicht wahr, Roxy? Du hast das Platschen gehört?«

»Ein Platschen?«, fragte einer der Männer von der Schiffscrew. »Was für eine Art Platschen?«

Ashley klammerte sich verzweifelt an Roxys Arm. Ihre Augen wirkten leicht glasig, und in diesem Moment fiel ihr Blick auf Sydney.

Sydney erstarrte innerlich. Sie war nicht mehr sicher, ob Ashley wirklich nur etwas vortäuschte.

»Sie!«, schrie Ashley und zeigte auf Sydney. »Es war *ihre* Freundin.«

»Francie? Was ist mit Francie?«

Ashley wandte sich ab, blickte an einer Topfpalme vorbei über den Rand des Bootes. »Da war ein Platschen«, wiederholte sie verwirrt. »Sie hat direkt hier getanzt. Und dann ...«

Sydney spürte, wie ihre Knie weich wurden.

»Mann über Bord!«, schrien die beiden Besatzungsmitglieder jetzt gleichzeitig auf und rannten los. Die Worte elektrisierten die Menge, die nun ebenfalls zu schreien begann.

»Mann über Bord! Mann über Bord!«

Sydney stolperte zur Reling und starrte in das drei Meter unter ihr liegende Meer. Sie konnte kaum noch atmen. Die Männer haben das geübt. Sie werden dafür trainiert, sagte sie sich, während sie mühsam nach Luft schnappte. Hilfe ist unterwegs. Francie kann schwimmen.

Ohne eine bewusste Entscheidung zu treffen, kletterte Sydney jedoch auf die Reling. Sie kauerte sich einen Moment hin, bis sie ihr Gleichgewicht zurückgewonnen hatte und richtete sich dann auf. Das Wasser schien jetzt viel tiefer unter ihr zu liegen, und das Mondlicht hatte seine Strahlkraft verloren. Sie konnte Francie nirgendwo erblicken.

Was ist, wenn Ashley sie gestoßen hat?, durchfuhr es sie plötzlich. Wenn dem so war, konnte es bereits vor einem Kilometer passiert sein, und sie hatte erst jetzt Alarm geschlagen. Der Gedanke ließ Sydney schwanken.

»He, Sie! Was machen Sie da?«, brüllte in diesem Moment eine Stimme. »Gehen Sie da runter!«

Sydney hörte, wie sich ihr rennende Schritte näherten. Sie hielt den Atem an und sprang.

»Mann über Bord!«

Der Schrei gellte durch die Luft, als sie mit den Füßen zuerst ins Meer stürzte, die Arme über dem Kopf, wie sie es trainiert hatte. Ihr Kleid wehte ihr ins Gesicht, und das Wasser war viel kälter, als sie erwartet hatte. Ein paar Meter von der Stelle entfernt, wo sie eingetaucht war, kam sie wieder an die Oberfläche. Das Boot war bereits an ihr vorbei und entfernte sich mit überraschender Geschwindigkeit; es fuhr weit schneller, als ihr bewusst gewesen war, während sie sich noch an Bord befunden hatte.

»Francie!«, schrie sie, drehte dem Katamaran den Rücken zu und schwamm in seinem Kielwasser. »Francie, kannst du mich hören?«

Eine Welle traf ihr Gesicht und spülte Wasser in ihren Mund. Sie spuckte und hustete, als das Salz ihr in Nase und Kehle brannte. Dabei ruderte sie mit den Armen, um ihren Oberkörper über Wasser zu halten, und sah sich nach irgendeinem Zeichen von ihrer Freundin um.

»Francie!«, rief sie wieder.

Das Meer war rauer, als es von Deck aus den Anschein gehabt hatte. Jede Welle, von der sie hochgehoben wurde, ließ sie nur die im Mondlicht glitzernden Kämme anderer Wellen erkennen. Dann sank sie wieder in ein Tal, und um sie herum war ausschließlich Dunkelheit.

»Francie!«

Keine Antwort. Kein Laut außer ihrem eigenen Platschen und dem fernen Brummen des Schiffsmotors. Sydney stellte sich vor, wie Francie irgendwo dort draußen trieb, frierend und voller Angst, und schwamm weiter. Zug um Zug um Zug ... Nachdem sie einige Entfernung zurückgelegt hatte, rief sie erneut nach Francie.

Plötzlich leuchtete um sie herum der Strahl eines Suchscheinwerfers auf, so hell, dass sie fast geblendet wurde. Der Kapitän hatte das Boot beigedreht und fuhr zurück, um sie zu retten. Sydney hörte, wie ein kollektiver Schrei aufstieg, als man sie vom Schiff aus entdeckte.

»Achtung, Sie da im Wasser! Wir werfen Ihnen einen Rettungsring zu«, ertönte es aus einem Megafon. »Legen Sie den Ring um Ihren Körper, wir ziehen Sie dann heraus.«

Auf keinen Fall, dachte Sydney, während sie den Kopf senkte und noch schneller schwamm. Nicht ohne Francie!

Sie spürte, wie ihre Erschöpfung zunahm. Und irgendwo in ihrem Hinterkopf war ihr klar, dass ihre Suche wahrscheinlich zwecklos war. Aber wenn Francie starb, würde es ihre Schuld sein. Es musste Ashley gewesen sein, die sie ins Wasser gestoßen hatte, um Sydney zu provozieren. Und wenn Francie irgendetwas passierte ...

»Hey, Sydney!«, drang mit einmal Francies Stimme aus dem Megafon. »Bist du denn völlig wahnsinnig? Schwimm *sofort* zu diesem Rettungsring!«

»Francie?« Sydney drehte sich zu dem Boot um und spähte blinzelnd in das Scheinwerferlicht. »Francie«, rief sie, »bist du das?«

»Natürlich bin ich es! Wirst du jetzt an Bord kommen?«

Völlig verwirrt schwamm Sydney zu dem Rettungsring und ließ sich von der Besatzung mit einer Winde hochziehen. Ihr Kleid klebte klitschnass in einer Weise an ihrem Körper, die ihr vielleicht peinlich gewesen wäre, wenn sie nicht so aufgelöst gewesen wäre. Ihre Augen suchten in der Menge nach Francie, und ihre Füße hatten kaum das Deck berührt, da rannte sie schon zu ihrer Freundin, um sich zu vergewissern, dass mit ihr alles in Ordnung war.

»Was hast du dir nur dabei gedacht?«, fragte Francie und wickelte eine der silberfarbenen Notfalldecken um Sydneys Schultern. »Ich bin fast gestorben vor Angst!«

»Ich dachte, du wärst ins Wasser gefallen«, keuchte Sydney, die noch immer versuchte, den Zwischenfall zu verstehen. »Ashley sagte ...«

»Ich war auf der Toilette! Ich muss manchmal dorthin«, unterbrach sie Francie. »Hättest du die Männer ihren Job machen lassen, statt wie Miss Superheldin ins Wasser zu tauchen, während ...«

»Ich bin gesprungen.«

»Was?«

»Ich bin nicht getaucht. Ich bin gesprungen«, korrigierte Sydney sie matt.

»Oh, stimmt«, sagte Francie sarkastisch. »Das ist natürlich kaum gefährlich. Mein Fehler.«

Ein Mann von der Besatzung berührte Sydney am Rücken und unterbrach das Gespräch. »Geht es Ihnen gut?«, fragte er. Er war jünger als Sydney, und der Ausdruck in seinem Gesicht verriet, dass er ziemliche Angst um sie gehabt hatte.

»Mir geht's gut«, versicherte sie ihm. »Es tut mir Leid, dass ich Ihnen solche Umstände gemacht habe.«

»Sie werden trotzdem den Schiffsarzt aufsuchen müssen. Und uns helfen, einen Bericht zu verfassen. Wenn Sie bitte mitkommen würden ...«

Sydney folgte dem jungen Mann durch die Menge, die sich wie das Rote Meer vor ihnen teilte. Zweihundert neugierige Augenpaare starrten sie ungeniert an. Sydney zuckte innerlich zusammen: Ihr Rettungsversuch war nicht nur völlig sinnlos gewesen, sie hatte außerdem noch die wichtigste Spionageregel gebrochen – sie hatte die Aufmerksamkeit auf sich gelenkt.

»Hören Sie«, stieß sie plötzlich hervor und ergriff den Ellbogen des Besatzungsmitglieds. »Ashley sagte, sie hätte ein Platschen gehört. Hat sie halluziniert? Hat sie es nur erfunden?«

Der junge Mann lächelte sie mitfühlend an. »Es war wahrscheinlich nur ein großer Fisch, der aus dem Wasser gesprungen ist. Davon gibt es viele hier draußen. Ihre Freundin hat etwas zu viel getrunken und sich geirrt, das ist alles.«

»Wahrscheinlich.«

Aber sie glaubte es nicht eine Sekunde lang. Ashley hatte die Betrunkene so echt gespielt, dass Sydney unvorsichtig geworden war. Bis zu diesem Moment war sie überzeugt gewesen, dass ihre Tarnung sicher war; dass Ashley sie nicht als eine gegnerische Spionin verdächtigte. Jetzt wusste sie, wie gerissen dieses Mädchen wirklich war.

Sie muss die ganze Sache geplant haben, um mich dazu zu bringen, über Bord zu springen – und dabei vielleicht im Meer zu ertrinken. Wenn sie argwöhnt, dass ich Jens Platz eingenommen habe, dann weiß sie, dass ich in einer Mission hier bin. Hat sie herausgefunden, in was für einer?

Sydney fröstelte unter ihrer Decke.

Es muss also heute Nacht passieren, entschied sie. Kein vernünftiger Mensch wird vermuten, dass ich nach dieser spaßigen kleinen Schwimmrunde noch mit einem Sauerstoffgerät tauchen gehe.

An: Aw23i5p1300
Von: Sister Act
Betrifft: Situationsentwicklung

Ich hatte Recht – eine unserer neuen Bewerberinnen ist definitiv eine Agentin. Alle Anzeichen für fortgeschrittenes Training wurden verifiziert. Bitte um Erlaubnis, das Problem zu beseitigen.

KAPITEL 7

Mitternacht war längst vorbei, als Sydney aus dem Hotel schlüpfte und sich im Schutz der Dunkelheit davonmachte. Keiner hatte ihr Fortgehen bemerkt, und wenn alles gut ging, würde es auch niemand erfahren.

Francie wird inzwischen schlafen, dachte sie, während sie einer Straßenlaterne auswich.

Ihre Freundin hatte über Kopfschmerzen geklagt und war gleich nach ihrer Rückkehr ins Bett gegangen. Sydney war nur kurz mit hochgekommen, um sich trockene Kleidung anzuziehen und den Rucksack zu holen, in dem sie ihr GPS-Gerät, das SD-6-Handy und ein zusammengerolltes Handtuch verstaut hatte, und erklärte, dass sie noch eine Weile unten bleiben wolle. Francie hatte sie nicht einmal angesehen, als sie gegangen war; sie war noch immer aufgebracht wegen Sydneys Dummheit auf dem Boot, wie sie es jetzt nannte.

Was glaubt Francie eigentlich?, fragte sich Sydney und wünschte, Roxy hätte diese Kreuzfahrt niemals gebucht. Dass ich mich dort draußen mit den Haien vergnügt habe?

Sie stöhnte innerlich auf, während sie um die Ecke in die Tiefgarage schlüpfte, wo sie den Mietwagen abgestellt hatte. Die ganze Zeit, als sie im Wasser gewesen war, um Francie zu retten, hatte sie nicht an die Haifische gedacht. Aber jetzt, als sie mit dem Auto die Garage verließ und durch die menschenleeren Straßen fuhr, bekam sie sie nicht mehr aus dem Kopf. Sie versuchte sich auf ihren Auftrag zu konzentrieren, auf den Prototypen, auf das, was sie mit Ashley tun sollte ... doch ständig sah sie Zähne vor ihrem geistigen Auge. Große, dreieckige, zuschnappende Zähne, die so scharf waren, dass sie Glieder ohne Schmerzen amputieren konnten, deren Biss ausschließlich das Übelkeit erregende, entsetzliche Gefühl eines unerwarteten Zerrens auslösten.

Aber kein Schmerz. Das ist immerhin etwas, dachte sie sarkastisch.

Sydney kurbelte das Fenster herunter und ließ sich die warme, tropische Luft ins Gesicht blasen, in der Hoffnung, das würde ihre Nerven beruhigen. Der Wagen schoss über die fast leere Straße nach Pearl Harbor, und kurz darauf erreichte sie die von Büschen umgebene Ausbuchtung, die sie an diesem Morgen entdeckt hatte. Sie löschte die Scheinwerfer und ließ das Auto in das Gebüsch rollen. Dann stieg sie aus, überprüfte von allen Seiten die Position des Wagens und stellte zufrieden fest, dass er nicht zu entdecken war. Nun öffnete sie den Kofferraum und machte sich für den Tauchgang fertig.

Die ganze Ausrüstung, die sie am Morgen besorgt und hier verstaut hatte, lag ausgebreitet vor ihr. Sie schlüpfte aus ihrer Kleidung und zog eilig den schwarzen Taucheranzug mit der Neoprenhaube an. Dann wuchtete sie den Unterwasserscooter heraus und trug ihn hinunter zum Wasser. Der schmale, matschige Strandstreifen vor den Mangroven sah anders aus als bei Tageslicht. Wilder, einsamer, unheimlicher ...

Mit einer leichten Gänsehaut auf dem Rücken kehrte Sydney zum Wagen zurück, band das Tauchermesser an ihre Wade, steckte das wasserfeste GPS-Gerät und das SD-6-Handy in ihren Taucherbeutel und streifte die Kompensatorweste mit dem Sauerstofftank über. Tiefen- und Druckmesser baumelten an ihrer Weste, und an einer Schlinge um ihr Handgelenk hing die Taucherlampe, eine Taschenlampe mit Pistolengriff. Sie griff nach der Maske und den Schwimmflossen, schloss den Kofferraum des Wagens und schob den Schlüssel in den Ärmel ihres Taucheranzugs.

Am Wasser spuckte Sydney in die Maske und verrieb den Speichel auf dem Glas, damit es nicht so schnell beschlug.

Dann bückte sie sich, um sie auszuspülen. Auf ihre nackten Füße schwappte kaltes Wasser, was ihr erneut einen Schauer über den Rücken laufen ließ.

Wie gut, dass ich den Ganzkörper-Anzug genommen habe, dachte sie, obwohl sie ihre Entscheidung, sich ganz in Schwarz zu kleiden, nicht so sehr wegen der Wassertemperatur getroffen hatte, sondern vielmehr, um so unsichtbar wie möglich zu sein. Mit Erfolg – in der Dunkelheit der verlassenen Bucht konnte Sydney ihre Arme und Beine selbst kaum sehen. Das Mondlicht, das vorhin noch das Meer erhellt hatte, war zu einem kaum merklichen, gespenstischen Leuchten verblasst, das sie daran erinnerte, dass sie sich in der Nähe eines Ortes befand, wo über zweitausend Männer einen schrecklichen Tod gefunden hatten. Wenn es wirklich Geister gab, musste Pearl Harbor voll von ihnen sein.

Ich hoffe, es stört sie nicht, dass ich komme, dachte sie, während sie die Maske aufsetzte und den Taucherbeutel an ihrer Hüfte befestigte. Schließlich sind wir auf derselben Seite.

Sie zog den batteriebetriebenen Scooter in hüfttiefes Wasser und ließ ihn sanft auf den Grund sinken, während sie die Schwimmflossen anzog. Dann nahm sie den GPS-Empfänger aus dem Beutel, schaltete ihn ein und überprüfte ihre Koordinaten. Schließlich steckte sie das Atemgerät in den Mund, holte tief Luft, um sich zu vergewissern, dass es funktionierte, und glitt unter die Oberfläche.

Dunkelheit umfing sie. Instinktiv tastete sie nach der Taucherlampe, entschied sich dann aber dagegen, sie einzuschalten – zu auffällig. Stattdessen aktivierte sie den Scooter und befestigte das GPS-Gerät mit einem Klettband so, dass sie sein kleines, leuchtendes Display im Auge behalten konnte. Nun packte sie die Griffe an den Seiten des Scooters und richtete die propellergetriebene Maschine auf die Mitte des Hafens aus.

Zuerst bewegte sie sich nur langsam und konnte außer dem GPS-Monitor nichts sehen. Als der Tiefenmesser anzeigte, dass sie drei Meter unter der Meeresoberfläche war, schaltete sie ihre Taucherlampe ein und richtete den Strahl nach vorn. Das Licht wurde jedoch von zahllosen winzigen Partikeln im Wasser reflektiert, sodass sie nur ein paar Meter weit sehen konnte. Sie schaltete das Licht wieder aus, erhöhte die Geschwindigkeit des Scooters auf drei Kilometer pro Stunde und entschied, sich auf ihre Aufklärung an diesem Morgen zu verlassen und zu hoffen, dass nichts auf ihrem Weg war, statt das Risiko einzugehen, dass jemand ein Licht entdeckte, das ohnehin nicht von Nutzen war. Falls sie gegen irgendetwas stieß, würde der Scooter den Großteil des Aufpralls abfangen.

Als sie die Koordinaten ihrer Misssion erreichte, hatte sie sich bereits daran gewöhnt, blind zu fahren. Auf ihrem GPS-Empfänger leuchteten die korrekten Zahlen auf. Der Blick auf ihre wasserdichte Uhr zeigte, dass die Fahrt vom Ufer bis hierher zweiundzwanzig Minuten gedauert hatte. Die Batterie des Scooters reichte für zwei Stunden, und sie hatte noch für mindestens vierzig Minuten Luft in ihrem Tank. Bis jetzt lief alles wie geplant.

Sydney richtete den Scooter nach unten und tauchte weitere drei Meter in die Tiefe. Erneut schaltete sie das Licht ein und sah an ihrer Maske eine einzige dunkle Suppe vorbeitreiben, die den Strahl so vollständig verschluckte, dass sie das Gefühl hatte, sie würde die Lampe in einem Wandschrank benutzen. Sie verringerte die Geschwindigkeit des Scooters und glitt in einem langen, gemächlichen Bogen hinunter zum Grund, dem Zentrum ihrer winzigen Lichtkapsel.

Eine Sekunde lang sah sie den schlammigen Boden unter sich, dann drohte die Nase des Scooters bereits in den Schlick zu bohren. Mit einer abrupten Bewegung riss sie die Maschine hoch und entging in letzter Minute der Kollision. Eine Sedimentwolke wurde dabei aufgewühlt, die ihr Blickfeld noch mehr trübte. Sydney wartete und hielt die Schwimmflossen still, um keinen weiteren Schlamm aufzuwirbeln. Innerhalb ihres Lichtkegels war nur flacher und konturloser Grund zu sehen, keine Korallen, keine Steine – und definitiv kein Schiffswrack. Unglücklicherweise konnte sie aber kaum einen Meter weit sehen.

Wie soll ich hier unten bloß irgendetwas finden?, fragte sie sich verzweifelt und zog einige Zentimeter über dem Schlick einen weiten Kreis. Bei Tageslicht wäre es schon schwierig genug. Aber jetzt ...

Die Aufgabe kam ihr unmöglich vor. Sie hatte die ganze Zeit gewusst, dass es nicht einfach sein würde, den Prototypen zu finden; törichterweise hatte sie angenommen, dass sie zumindest das Wrack problemlos aufspüren würde. Sydney wünschte, sie würde mit einem Partner zusammenarbeiten, jemand, der ihr helfen konnte, den nächsten Schritt zu planen. Wenn Noah hier wäre, hätte er eine Idee.

Zumindest würde sie sich nicht so allein fühlen.

Sydney überprüfte erneut ihre GPS-Koordinaten und beschrieb einen weiteren langsamen Bogen über dem Grund. Wenn die *Eagle* hier war, müsste sie direkt auf sie stoßen.

Also wo war sie?

Vielleicht gab es hier gar kein Wrack. Welchen Beweis hatte Wilson eigentlich gehabt außer einem unerklärlichen Reflex auf irgendeinem streng geheimen Fern-Ortungssystem? Wenn in den vergangenen sechzig Jahren wirklich eine Jacht am Grund des Hafens vor sich hin verrottet wäre, hätte man sie dann nicht inzwischen entdeckt?

Andererseits war allgemein bekannt, dass noch immer abgeschossene Flugzeuge auf dem Meeresboden lagen. Nicht alles, was im Krieg verloren gegangen war, hatte man auch gefunden.

Also könnte auch ein Wrack noch immer hier sein, beruhigte sie sich und zog einen noch größeren Bogen. Und wenn es hier ist, sollte ich es besser finden.

Sie sah wieder auf ihre Uhr und überschlug in Gedanken ihren Sauerstoffvorrat.

Plötzlich fiel der Strahl ihrer Lampe auf etwas. Aus dem Schlick ragte steil eine dicht verkrustete Wand, deren oberer Teil in der Dunkelheit verschwand.

Sydneys Herz schlug schneller. Mit zwei kräftigen Bewegungen der Schwimmflossen ließ sie sich vorwärts treiben, schaltete den Scooter aus und glitt die dunkle Wand entlang, bis diese zur anderen Seite hin abrupt unter ihr abfiel. Sie richtete ihre Lampe nach unten – und erblickte das korallenverkrustete Deck eines auf der Seite liegenden Schiffes.

Bingo!

Eine Welle von Glück und Erleichterung durchflutete sie. Sie ließ ihren Scooter dort zurück, wo das steil geneigte Deck und eine Wand der oberen Kabine einen Neunzig-Grad-Winkel bildeten und sie ihn gut platzieren konnte, und machte sich auf, das Wrack zu erkunden.

Auf der Stahlwand lagen rostige Metallkabel. Die in regelmäßigen Abständen eingelassenen Bullaugen waren zu überwuchert, um etwas sehen zu können. Eines war jedoch zerbrochen. Sydney leuchtete mit der Lampe durch das kleine Loch und sah eine winzige Kabine mit einer Koje. Was einst die gegenüberliegende Wand des Raumes gewesen war, bildete jetzt den Boden. Alles war mit Schlick bedeckt. Sie konnte die Umrisse einer offenen Tür erkennen, aber weiter reichte ihr Licht nicht.

Sydney wandte sich von dem Bullauge ab, schwamm zum hinteren Ende des Schiffes und richtete ihre Lampe auf das Heck. Unter einer dicken Kruste aus Rost und Algen waren noch verblasste Buchstaben zu erkennen: *Eagle*.

Ja!

Ihr Herz schlug schneller, als ihr klar wurde, dass sie wirklich das richtige Schiff gefunden hatte. Doch dann zwang sie sich wieder zur Ruhe, damit sie in ihrer Erregung nicht zu viel Sauerstoff verbrauchte. Während sie weiter über das Heck hinwegglitt und versuchte, ihr Atemgerät zu regulieren, tauchte am Rand ihres Lichtkegels ein riesiger, bläulicher Fisch auf – und verschwand mit einem Schlag seiner kräftigen Schwanzflosse sofort wieder aus ihrem Blickfeld.

Ein Hai!

Sydney erstarrte. Das Blut rauschte in ihren Ohren. War er fort? Kam er zurück?

War er hungrig?

Mit Hilfe des Gewichts in ihrer Kompensatorweste ließ sie sich langsam zum Grund gleiten, bis eine ihrer Schwimmflossen festen Boden berührte. Abgesehen von ihrer Hand, die die Taucherlampe umklammert hielt, überfiel ihren Körper eine plötzliche Schwäche. Sie wollte nach ihrem Messer greifen, aber ihr Arm ließ sich nicht bewegen. Wie gelähmt blieb sie am Grund liegen und richtete zitternd den Lichtstrahl auf die Stelle, an der der Hai verschwunden war.

Wenn er zurückkommt, will ich ihn wenigstens sehen. Ich will wenigstens die Chance auf einen Kampf haben.

Langsam kehrte wieder etwas Kraft in ihren Körper zurück. Aber sie griff noch immer nicht nach ihrem Tauchermesser. Sie musste ständig daran denken, dass in dem Moment, wenn sie die Augen abwandte, das Monster aus der Dunkelheit zurückkehren und sie mit einem Bissen verschlingen könnte. Ihr Herz raste und verschwendete so kostbaren Sauerstoff, doch sie brachte es einfach nicht fertig, flacher zu atmen.

Ich könnte in das Schiff hineinschwimmen. Wie ein Hoffnungsfunke durchfuhr sie dieser Gedanke. Ich muss es sowieso durchsuchen, und dorthin wird der Hai mir nicht folgen.

Mit vorsichtigen Bewegungen stieß sie sich langsam von dem schlammigen Grund ab, ließ das Heck hinter sich und schwamm über das Achterdeck zur Rückseite der oberen Kabine, wo sie das gähnende dunkle Loch einer offenen Luke erblickte. Bedächtig, aber mit hellwachen Sinnen näherte sie sich der Öffnung.

Das Rechteck der Luke war durch die Lage des Schiffes fast horizontal geneigt. Sie machte eine Schwimmbewegung, schoss hindurch und wirbelte sofort herum, um einen Blick zurückzuwerfen.

Der Hai, falls er sich noch immer dort draußen aufhielt, war nicht wieder aufgetaucht, um sie zu jagen. Sie hatte es geschafft! Sie war in Sicherheit!

Sydney stieß einen Seufzer der Erleichterung aus und hielt sich mit einer Hand an der Luke fest.

Beruhige dich, mahnte sie sich, während sie tief durchatmete. Du musst jetzt vorsichtig sein.

In Schiffswracks zu tauchen war immer gefährlich, und in diesem war noch niemand gewesen, um die Türen und Luken zu öffnen oder Hindernisse wegzuräumen. Es konnte überall herunterhängende Kabel, zerbrochenes Glas, gezackte Metallkanten, gefährliche Gase oder andere Bedrohungen geben. Wenn sie sich irgendwo verhedderte oder verirrte, oder wenn eine Luke hinter ihr zufiel, ginge ihr die Luft aus und sie würde ertrinken. Langsam ließ sie sich zu Boden sinken und richtete sich auf. Eine ihrer Schwimmflossen streifte eine Innenwand.

Irgendetwas berührte ihr Bein, löste sich aber wieder von ihr. Dann sah Sydney, wie eine Moräne aus der Dunkelheit auftauchte und direkt auf ihre Maske zuschoss. Sie schrie in ihre Atemmaske, sodass eine Wolke aus Blasen aufstieg. Das Maul des flachköpfigen Fisches war aufgerissen und enthüllte Reihen nadelspitzer Zähne. Seine hervorquellenden Augen wirkten durch das reflektierte Licht ihrer Lampe wie zwei Spiegel. Zehn Zentimeter vor ihrem Gesicht änderte das Tier jedoch die Richtung, schoss durch die Kabinentür und verschwand im offenen Wasser.

Sydney hustete das Wasser, das sie verschluckt hatte, aus. Die Tatsache, dass der Moränenaal offenbar genauso viel Angst vor ihr gehabt hatte wie sie vor ihm, beruhigte sie irgendwie nur wenig.

War er auf der Suche nach seinem Abendessen oder lebt

er hier?, fragte sie sich. Wenn er hier lebt, werde ich auf noch mehr von seiner Sorte stoßen?

Eins aber war sicher: Sie würde noch vorsichtiger sein müssen, wo sie hintrat.

Langsam drehte sie sich um und leuchtete mit ihrer Lampe die gesamte Kabine aus. Sie schien sich in einer Art Navigationszentrum zu befinden. Die Wand vor ihr wies in Hüfthöhe eine Reihe von Instrumenten auf. Über ihnen befanden sich mit Schlamm und Algen verkrustete Fenster, unter ihnen Metallschränke. Sydney zog das Tauchermesser aus der Scheide und versuchte, eine der Schranktüren zu öffnen. Doch sie war festgerostet.

Ich hätte ein Brecheisen mitnehmen sollen, dämmerte es ihr. Und vielleicht noch andere Werkzeuge.

Unverrichteter Dinge wandte sie sich von den Schränken ab, musterte das Instrumentenpult und tastete nach den Gegenständen, die sie in dem verschlammten Winkel zwischen dem Boden und einer Seitenwand erblickte. Dabei bemühte sie sich, so wenig Schlamm wie möglich aufzuwirbeln, um ihre Sicht nicht zu trüben. Sie fand die Überreste einiger Holzstühle, ein korrodiertes Fernglas und etwas, das früher einmal ein Seil gewesen sein könnte – aber nichts, das wie ein Nuklearprototyp aussah oder ihr helfen könnte, einen Schrank aufzubrechen. Sie suchte weiter, tastete jeden Quadratzentimeter der oberen Kabine ab, bevor sie schließlich durch eine weitere Luke schlüpfte und in das Herz des Schiffes schwamm.

Die Leiter, die zu den unteren Kabinen führte, lag jetzt fast ganz waagerecht. An ihrem früheren unteren Ende befand sich eine kleine Kombüse, die nun über Sydneys Kopf hing. Schranktüren standen offen, und der Inhalt der Fächer war bereits vor Jahrzehnten herausgefallen. In dem dicken Schlick konnte Sydney die Umrisse von Töpfen und Flaschen erkennen. Sie griff nach unten und zog einen weißen Kaffeebecher heraus, dessen Rand nur leicht angeschlagen war. Sie stellte sich vor, wie der Mann, der ihn benutzt hatte, nichts ahnend seine Arbeit verrichtet hatte, bis es auf einmal zu spät gewesen war.

Hinter dem Fallreep befand sich eine verschlossene Metalltür. Sydney vermutete, dass sie in den Maschinenraum führte, und entschied, ihr Glück weiter vorn in den Passagierkabinen zu versuchen. Wenn Suler tatsächlich an Bord gewesen war, würde der Prototyp höchstwahrscheinlich dort sein.

Oder in irgendeinem Geheimfach, das ich nie finden werde, ohne das ganze Wrack zu bergen und es mit einem Schneidbrenner zu zerlegen!

Unglücklicherweise entsprach so etwas nicht der Arbeitsweise von SD-6. Ihre Abteilung der CIA gab sich nicht mit Missionen ab, die offen durchgeführt wurden.

Die Tür zu der ersten Kabine an der oben liegenden Seite des Schiffes war offen. Ihre Metallangeln waren zwar unversehrt, die Holztür jedoch zerfallen. Sydney schwamm in den kleinen Raum und leuchtete ihn aus. An der Wand befanden sich zwei schmale Metallkojen, deren Matratzen schon vor langer Zeit verrottet waren. Ein schmaler Spind enthielt rostige Kleiderhaken und die Sohlen von mehreren Paar Schuhen. Alles andere, das sich nicht aufgelöst hatte, war nach unten durch die offene Tür gefallen und lag im Schlick der gegenüberliegenden Seite des Zentralgangs. Sydney schwamm aus dem Raum, wühlte im Schlamm und suchte, ob nicht irgendwo ein Koffer aus rostfreiem Stahl zu finden wäre. Die ultrafeinen Sedimentablagerungen, die sich im Laufe der Jahrzehnte gebildet hatten, wirbelten um sie herum und trübten das Wasser. Sie hatte sich gerade entschieden, die anderen Kabinen unter die Lupe zu nehmen, als ein beiläufiger Blick auf den Druckmesser sie erstarren ließ.

Das kann nicht sein!, dachte sie geschockt.

Sie hatte nur noch Sauerstoff für fünfzehn Minuten. Und sie war dreizehn Meter unter Wasser und würde für die Rückkehr zum Strand mindestens zwanzig Minuten brauchen!

Sydney geriet in Panik, drehte sich um und schwamm an der Leiter entlang in die obere Kabine. An der Tür hielt sie kurz zögernd inne und fragte sich, ob der Hai noch immer draußen lauerte. Aber sie hatte keine Zeit, länger zu warten, nahm all ihren Mut zusammen, schoss hinaus ins offene Wasser und schwamm zu ihrem Scooter. Sie blickte auf den GPS-Empfänger und prägte sich die genauen Wrackkoordinaten ein. Dann wappnete sie sich für das Schlimmste und schaltete ihre Taucherlampe aus.

Der Scooter trug sie schnell durch die Dunkelheit. Sydney hielt ihren Winkel niedrig und stieg nur allmählich empor, um sich mit maximaler Geschwindigkeit vorwärts zu bewegen. Sie war nicht lange genug in der Tiefe gewesen, um sich Sorgen wegen dem Druckausgleich zu machen, aber sie musste jede kostbare Sekunde Sauerstoff sparen. Sie hielt ihren Körper so ruhig wie möglich und verließ sich ganz auf den Scooter – aber in ihrem Innern herrschte totales Chaos.

Wieso ist mir so schnell die Luft ausgegangen?

Es kam ihr unmöglich vor. Die einzige Erklärung, die ihr einfiel, war, dass die Kombination aus Furcht und Anstrengung zu einem höheren Sauerstoffverbrauch geführt hatte.

Oder mit dem Tank stimmt etwas nicht. Oder der Atemmaske. Oder dem Messgerät.

Eine neue Ausrüstung zu benutzen, war immer ein Risiko. Aber ihre eigene aus L.A. mitzubringen, war keine Option gewesen. Außerdem hatte sie am Morgen alles selbst noch einmal überprüft.

Sydney kontrollierte ihre Messgeräte; sie war jetzt etwa drei Meter unter der Oberfläche und hatte noch für rund zehn Minuten Luft. Laut der GPS-Daten war sie fünfzehn Minuten vom Strand entfernt. Hätte sie einen Schnorchel dabei, hätte sie sich dicht unter der Oberfläche bewegen können, sodass nur das Atemrohr über Wasser sichtbar gewesen wäre, aber törichterweise hatte sie gemeint, dass sie keinen brauchte.

Sie würde den letzten Teil der Strecke an der Oberfläche zurücklegen müssen. Es gab keine andere Möglichkeit.

Zweihundert Meter vom Strand entfernt ging Sydney der Sauerstoff aus. Sie atmete noch einmal tief ein, hielt dann die Luft an und lenkte den Scooter hinauf zur Oberfläche. Sie musste nicht schwimmen. Wenn es ihr gelang, die nächsten fünf oder sechs Minuten die Luft anzuhalten, ohne ohnmächtig zu werden ...

Es gelang ihr nicht. Fünfzig Meter vom Strand entfernt schaltete sie den Scooter ab und durchbrach die Oberfläche, um Luft zu holen. Nachdem sie ihre Lunge mit genügend Sauerstoff gefüllt hatte, tauchte sie wieder einen Meter in die Tiefe und schwamm nun, den Scooter vor sich her stoßend, weiter Richtung Strand. Endlich erreichte sie seichtes Gewässer. Den Scooter immer noch unter Wasser haltend, streckte sie den Kopf in die Luft.

Die Nacht war dunkel, aber nach der Schwärze unter Wasser konnte sie trotzdem ganz gut sehen. Die Küstenlinie war deutlich zu erkennen, vor allem der schmale Streifen vor den Mangroven. Nur die Bäume selbst lagen im Schatten. Sydney streifte ihre Schwimmflossen ab und trat auf den schlammigen Meeresgrund. Als sie sich aufrichtete, erhaschte sie aus den Augenwinkeln eine Bewegung.

Jemand versteckte sich zwischen den Bäumen.

Sie erstarrte und glitt langsam wieder ins Wasser, die Augen weiter auf die Mangroven gerichtet. Am Rand des Hains brach knackend ein Zweig.

Und dann konnte sie etwas erkennen – die Rückseite eines blondhaarigen Kopfes, der zur Straße huschte.

Ashley!

Sydney wusste nicht, ob sie die Verfolgung aufnehmen oder besser bleiben sollte, wo sie war, und hoffen, dass sie nicht entdeckt worden war.

Aber wenn Ashley nichts von mir weiß, was macht sie dann hier?

Sydney vergaß alle Vorsicht, stürmte aus dem Wasser

und streifte beim Laufen ihre Ausrüstung ab. Auf halbem Weg zur Straße hörte sie, wie ein Motor angelassen wurde. Sie beschleunigte ihre Schritte zu einem Sprint und erreichte in dem Moment die Straße, als ein Wagen Richtung Honolulu davonraste – ohne Lichter, ohne Nummernschild. Sydney konnte nicht einmal mit Sicherheit sagen, um was für ein Modell es sich handelte.

Das war's, dachte sie niedergeschmettert. Wenn meine Tarnung vorher schon Risse bekommen hat, so ist sie jetzt völlig aufgeflogen.

KAPITEL 8

Bevor sie den Strand verlassen konnte, musste Sydney noch ihre Taucherausrüstung vom Strand aufsammeln. Dann verlor sie weitere kostbare Zeit, weil sie ihren Wagen sicherheitshalber nach Sprengsätzen, Wanzen oder anderen Anzeichen von Ashleys Gegenwart durchsuchte. Schließlich rief sie Wilson an.

»Ich fürchte, ich bin in Schwierigkeiten«, flüsterte sie, tief in den Fahrersitz zurückgelehnt. Obwohl es im Wagen ziemlich stickig war, hatte sie die Fenster geschlossen aus Angst, dass jemand mithörte.

»Was für Schwierigkeiten?« Selbst zu dieser frühen Stunde klang Wilson so wach, als hätte er bereits zwei Kannen Kaffee getrunken. »Wie ist unser Status?«

»Ich habe das Paket nicht.«

»Warum nicht?«

»Ich habe Ihre Entdeckung verifiziert. Aber was das gesuchte Objekt angeht ... ich hatte technische Probleme.«

»Ist es nun dort oder nicht?«

»Ich weiß es nicht.«

Wilson seufzte ungeduldig.

»Es kommt noch schlimmer«, fuhr sie fort. »Ich glaube, meine Tarnung ist aufgeflogen.«

»Sie *glauben?«*

»Sie *ist* aufgeflogen«, gab sie zerknirscht zu. »Dies ist die schlimmste Nacht, die ich je erlebt habe! Zuerst mussten wir an dieser blöden Dinnerkreuzfahrt teilnehmen, und ich dachte, Francie ...«

»Ich habe keine Zeit für Details«, unterbrach er barsch. »Wer hat Sie identifiziert?«

»Ihr Name ist Ashley Evans. Sie gehört zu der Studentinnenverbindung.«

»Für wen arbeitet sie?«

»Ich weiß es nicht.«

»Was zum Teufel *wissen* Sie?«, explodierte er. »Ich habe Sie losgeschickt, um einen Auftrag auszuführen, aber bis jetzt jammern Sie nur.«

Sydney schnappte gekränkt nach Luft.

»Ich weiß nicht einmal, warum Sie anrufen«, fuhr er fort. »Wenn diese Ashley eine Bedrohung darstellt, wissen Sie, was Sie zu tun haben.«

Sie zögerte.

»Stimmt's?« Seine Stimme klang, als würde er zwei Sekunden vor einem Schlaganfall stehen.

»Stimmt«, bestätigte sie hastig. »Ich werde mich darum kümmern.«

Wilson legte auf. Sydney warf das Handy auf den Beifahrersitz und steuerte den Wagen aus den Büschen, während in ihren Augen Tränen brannten. Sie hatte in Wilson bisher eine Art Ersatzvater gesehen – streng, aber freundlich. Aber dieses Telefonat war überhaupt nicht freundlich gewesen.

Alles, was ich wollte, war ein Rat, dachte sie und fuhr auf die Straße, ohne auf den Verkehr zu achten. Ich wollte nicht, dass er mich anraunzt.

Und was genau sollte sie seiner Meinung nach mit Ashley machen? Sie hatte gesagt, dass sie sich darum kümmern würde, aber sie hatte nicht die leiseste Ahnung, was das beinhaltete.

Nur, dass seine Aufforderung irgendwie drohend geklungen hatte.

Er kann unmöglich erwarten, dass ich ihr etwas antue.

Oder doch?

Einen Moment lang vergaß Sydney zu lenken. Die Räder rollten über die Reflektorhubbel auf der Straßenmarkierung, und das plötzliche Holpern riss sie aus ihren Gedanken.

Natürlich nicht! Er hat wahrscheinlich gemeint, dass ich

Ashley im Auge behalten soll. Ich muss herausfinden, für wen sie arbeitet.

Es gab nur ein Problem bei diesem Plan.

Zuerst musste sie Ashley *finden*.

In der Hotellobby gab es keine Spur von Ashley. Bis auf den gähnenden Mann am Empfang war alles leer. Die Stille um diese Zeit war kaum überraschend; nach allem, was Sydney durchgemacht hatte, war es ein Wunder, dass sie selbst überhaupt noch wach war. Nur das Adrenalin hielt sie noch auf den Beinen.

Auf dem Rückweg war sie durch Chinatown gefahren in der Hoffnung, Ashley am Lagerhaus vorzufinden. Aber dort war niemand gewesen, und nachdem sie ein paar Minuten gewartet hatte, beschloss sie, ins Hotel zurückzukehren. Den Mietwagen hatte sie in einem anderen Parkhaus abgestellt – nur für den Fall – und war die fast zwei Kilometer zum *Waikiki Princess* zu Fuß gegangen. Jetzt stand sie zögernd in der Eingangshalle und überlegte, ob sie den Mann an der Rezeption nach Ashley fragen sollte. Würde er es wissen, wenn sie in ihrem Zimmer war?

Sie machte sich auf den Weg zu ihm, da ließ ein plötzliches Geräusch hinter ihr sie herumfahren.

»Überraschung!«, rief Noah und grinste von einem Ohr zum anderen.

Erschöpft, verängstigt und frustriert stieß Sydney ohne nachzudenken hervor: »Du *musst* aufhören, dich an mich heranzuschleichen! Auf diese Weise könnte jemand getötet werden.«

Noahs Lächeln verblasste ein wenig. »Ich bin bereit, das Risiko einzugehen.«

»Deine Chancen sind zu gering. Außerdem, was machst du eigentlich hier?«

Er trug rote Shorts, Latschen und das grellste Blumenhemd auf ganz Oahu. Wenn seine Tarnung die des farbenblindesten Touristen der Welt war, hatte er Erfolg damit.

»Ich dachte, du würdest dich freuen, mich zu sehen«, sagte er. »Aber offensichtlich habe ich mich geirrt.«

Sydney starrte ihn verständnislos an. »Hat Wilson dich geschickt? Denn wenn er es getan hat, werde ich –«

»Vielleicht können wir uns draußen weiter unterhalten«, unterbrach Noah.

Er nahm ihren Arm und zog sie durch die Lobby hinaus auf die Terrasse.

»Bist du verrückt?«, flüsterte er dort. »In der Öffentlichkeit Namen zu nennen?« Am Himmel funkelten Sterne und in den Palmen rauschte eine sanfte Brise, aber weder Noah noch Sydney achteten auf die romantische Umgebung. »Was ist los mit dir?«

»Ich hatte eine schlechte Nacht.«

»Danke. Mir geht es jetzt genauso.«

Seine Worte ließen sie verstummen – und sich auch noch schuldig fühlen.

»Es tut mir Leid, in Ordnung? Du hättest mich zu keinem schlimmeren Zeitpunkt treffen können.«

Noah wirkte ziemlich verletzt. »Heute Nachmittag am Telefon klang es aber überhaupt nicht nach einem schlechten Zeitpunkt.«

»Da war die Situation auch anders!« Selbst sie konnte den schrillen Unterton in ihrer Stimme hören. Sydney atmete langsam und tief durch. »Hör zu, möchtest du dich an den Swimmingpool setzen?«

»Möchtest *du*?« Das jungenhafte Lächeln auf Noahs Gesicht war verschwunden und seiner üblichen vorsichtigen Miene gewichen. Und sie war dafür verantwortlich, das war Sydney klar. Doch sie war zu erschöpft, um etwas dagegen zu tun. Sie führte ihn zu dem beleuchteten Pool hinunter und suchte zwei Liegestühle am entferntesten Ende der Terrasse aus. Als die beiden nebeneinander in den Schatten der wunderschönen Landschaft saßen, versuchte sie es ihm zu erklären.

»Meine Mission ist den Bach runtergegangen«, sagte sie

und drehte den Kopf, um sein Gesicht zu sehen. »Aber da du hier bist, nehme ich an, dass du das weißt.«

»Sydney, ich bin hergekommen, um *dich* zu sehen. Ich weiß nicht einmal, was für einen Auftrag du hast.«

»Du ... was?«

»Ich habe mir frei genommen. Nach unserem Telefonat musste ich daran denken, wie schön ein paar Tage auf den Inseln wären; dass wir vielleicht etwas Zeit zusammen verbringen können. Aber wenn du in Schwierigkeiten bist ...«

»Es ist nichts. Du bist wirklich nur gekommen, um mich zu sehen?«

Er zuckte die Schultern. »Als ich diesen brillanten Plan entwickelte, dachte ich, es wäre eine gute Idee. Das muss an dem Bier gelegen haben, das ich zum Mittagessen getrunken habe.«

»Nein. Es ist süß.« Sie streckte die Hand aus, um sein Knie zu streicheln – aber dann fehlte ihr der Mut dazu.

»Also, was ist hier los? Was ist das Problem bei deinem Auftrag?«

»Es ist nichts«, log sie wieder, da sie nicht wie eine Versagerin aussehen wollte. »Ich werde mich schon darum kümmern.«

»Aber wenn du dachtest, dass Wilson mich geschickt hat ... Weiß er, dass es Probleme gibt?«

»Ja. Er ist über alles informiert«, sagte sie vorsichtig.

»Und was hat er gesagt?

»Er sagte, ich soll mich darum kümmern, und das werde ich auch tun. Was ist denn mit einmal aus dem ›Bin nur hier, um Sydney zu sehen‹ geworden?«

»Ist dir vielleicht der Gedanke gekommen, dass ich dir helfen könnte?«

»Ich brauche keine Hilfe, Noah.«

Das war die allergrößte Lüge. Egal, welcher andere SD-6-Agent ihr seine Unterstützung angeboten hätte, sie hätte sofort angenommen. Sie konnte es nur nicht ertragen, vor ihm wie eine Anfängerin, die es vermasselt hatte, dazustehen.

»Okay«, meinte er kühl. »Wenn du mir nicht vertraust, in Ordnung.«

»Es ist nicht so, dass ich dir nicht *vertraue.*«

»Nein, vergiss es!« Er war viel gekränkter als der Situation angemessen war. »Entschuldige, dass ich überhaupt gefragt habe.«

»Jetzt sei nicht so.«

»Wie denn? Wie bin ich, Sydney?«

»So wie immer!«, entgegnete sie entnervt. »Dir geht es immer nur um die Mission. Es geht *immer* um die Mission. Es geht *nur* um die Mission.«

»Ist das so?« Seine Stimme war mindestens einen Kilometer entfernt. »Wenn es sich für dich so anfühlt, sollte ich vielleicht besser gehen.«

Tränen stiegen in ihr hoch, und der Kloß in ihrer Kehle schmerzte so sehr, dass sie kaum noch atmen konnte. Sie nickte kurz und schloss dann die Augen.

»Ja, vielleicht solltest du gehen«, sagte sie.

Der Liegestuhl wackelte, als Noah aufstand. Es gab kein Auf Wiedersehen, keine Abschiedsworte, nur die Schritte seiner Latschen, die sich auf dem Beton entfernten.

Sie horchte, bis sie sicher war, dass er fort war.

Dann ließ sie endlich ihren Tränen freien Lauf.

Das ist die schlimmste Nacht meines Lebens!, dachte sie.

In den letzten Stunden hatte sie ihren Auftrag verpatzt, ihre Tarnung auffliegen lassen und sich darüber hinaus jeder Chance beraubt, irgendwann mit Noah zusammen zu sein.

Außerdem war Wilson wütend auf sie.

Und Ashley versteckte sich irgendwo und versuchte wahrscheinlich einen Weg zu finden, sie umzubringen.

Selbst Francie, ihre beste Freundin, war sauer auf sie, weil sie von diesem dämlichen Boot gesprungen war.

Aber was wäre gewesen, wenn sie wirklich ins Wasser gefallen wäre? Hatte sie noch nie etwas von Dankbarkeit gehört?

Sydney unterdrückte ein lautes Schluchzen. Francie würde sich früher oder später wieder beruhigen. Aber Noah ...

Wird er je wieder mit mir reden?

Während Sydney zusammengesunken auf dem Liegestuhl saß und die Tränen über ihr Gesicht rannen, fühlte sie sich schrecklich allein. Dabei war sie beim SD-6, hatte Kollegen und jetzt auch noch neue Freundinnen bei AKC. In ihrem ganzen Leben hatte sie immer viele Leute gekannt.

Wie kommt es dann, dass ich mich so allein fühle?

KAPITEL 9

»Stehst du jetzt auf, oder was?«

Francies Stimme erschien Sydney als Teil ihres konfusen Traumes. Sie schwamm, schwamm, schwamm ... aber gelangte sie irgendwohin? Ihre Beine fühlten sich wie Blei an, und alles war so dunkel ...

»Schön. Dann gehe ich eben ohne dich frühstücken.«

Das Krachen der zufallenden Hotelzimmertür ließ Sydney abrupt hochfahren. Dann sank sie wieder zurück in ihr Bett und stöhnte leise, als ein Sonnenstrahl ihre geschwollenen Augen traf. Ihr Körper schmerzte, ihre Gefühle waren in Aufruhr, und in ihrem Kopf pochte es wie wild. Sie hatte das Gefühl, einen Kater zu haben, nur ohne den Spaß, der ihm normalerweise vorausging.

Dann setzte sie sich erneut auf und warf einen Blick auf den Wecker auf ihrem Nachttisch. Schon zehn Uhr morgens? Das bedeutete, dass sie immerhin fünf Stunden geschlafen haben musste. Ihr kam es jedoch vor, als habe sie gerade erst die Augen geschlossen. Müde schwang sie die Füße auf den Teppich, trottete zum Fenster und zog die Vorhänge zurück, wobei sie fast die Seidenorchidee umkippte, die in einem Topf auf der Fensterbank stand.

Vor ihr breitete sich *Waikiki Beach* aus. Der glitzernde Sand war um diese Uhrzeit bereits von Badetüchern übersät und das Wasser so klar, dass sie bis zum Grund sehen konnte. Diese sonnige Szene wirkte völlig surreal im Vergleich zu der Dunkelheit in ihrem Kopf.

Ihr Versagen in der vergangenen Nacht nagte noch immer an ihr; sie hatte keines ihrer Probleme gelöst. Selbst Francie war weiterhin wütend auf sie. Und nun musste sie sich auch noch mit einer feindlichen Agentin herumschlagen – und diesen Nuklearprototypen finden. Stöhnend ging sie unter die Dusche.

Das heiße Wasser belebte sie immerhin ein wenig, und als sie sich angezogen hatte, um nach unten zu gehen, funktionierte auch ihr Gehirn wieder. Sie hatte die Schwestern gefragt, ob jemand wusste, wo Ashley war; dann hatte sie sich bei Roxy entschuldigt und davongemacht.

Ich muss die Taucherausrüstung hereinholen und den Tank füllen, sagte sie sich. Außerdem sollte ich besser den Mietwagen wechseln – Ashley hatte in den vergangenen Stunden viel zu lange Zeit gehabt.

Sydney dachte an die Männer, die mit Ashley in dem Lagerhaus und auf der Kreuzfahrt gewesen waren. Wenn Ashley mit einem Team arbeitete, konnte einer von ihnen Sydney folgen, ohne dass sie es merkte. Erneut hatte sie das Gefühl, im Nachteil zu sein.

Wenn ich Noahs Hilfe angenommen hätte, wäre ich auch in einem Team, sinnierte sie.

Die Verbindungsschwestern frühstückten an diesem Morgen unabhängig voneinander. Sydney ging ins Hotelrestaurant und hoffte, nicht die Einzige zu sein, die verschlafen hatte. Mit ein wenig Glück würde sie bei Toast und Ei vielleicht etwas Neues über Ashley erfahren. Vielleicht hatte ja jemand gesehen, wie sie sich in der vergangenen Nacht davongeschlichen hatte, oder wusste, wo sie seitdem gewesen war.

Zu Sydneys Überraschung saß Ashley mit Gretchen an einem Ecktisch. Sie trug eine Sonnenbrille und sah aus, als sei sie von der Flut angespült worden, so mitgenommen wirkte sie. Sydney war geschockt, sie überhaupt zu sehen, und dann noch in einem derart elenden Zustand.

Aber dann fiel es Sydney wieder ein.

Vergiss nicht, mahnte sie sich. All dieses vorgetäuschte Trinken auf dem Boot. Heute hat sie einen vorgetäuschten Kater.

Sie würden dieses Katz-und-Maus-Spiel in der Öffentlichkeit also fortsetzen. Plötzlich erinnerte sich Sydney jedoch an einen Satz, den Noah an einem kritischen Punkt ihrer Paris-Mission gesagt hatte. »Uns ist bis jetzt nichts passiert, also können sie sich noch nicht völlig sicher sein.«

Konnte das hier auch der Fall sein? Nach allem, was geschehen war, fiel es Sydney schwer zu glauben, dass Ashley sich in ihrem Fall nicht sicher war. Vielleicht hielt etwas anderes sie zurück.

Der Auftrag!, dämmerte ihr plötzlich. Sie weiß noch immer nicht, was mein Auftrag ist!

Und nicht nur das. Wahrscheinlich glaubte Ashley auch, dass ihre eigene Tarnung nicht aufgeflogen war. Dies war der erste positive Gedanke, den Sydney seit Stunden hatte. Sie lag am Boden, aber sie war nicht am Ende. Noch nicht.

Von neuem Elan erfüllt, ging Sydney direkt zu Ashleys Tisch.

»Hi, Sydney!«, begrüßte Gretchen sie. »Heute hast du ja trockene Haare.«

»Stimmt.« Sydney lächelte und ließ den Spott an sich abprallen. »Es ist alles okay. Aber was ist mit dir, Ashley? Wenn ich es nicht besser wüsste, würde ich sagen, dass du eine harte Nacht hattest.«

Ashley würdigte sie kaum eines Blickes. »Wenn du meinst«, murmelte sie nur und blickte aus dem Fenster.

Ihre schauspielerischen Fähigkeiten waren erstklassig – das musste Sydney ihr lassen. Sie zögerte einen Moment und suchte nach einer Möglichkeit, Ashley aus der Reserve zu locken. Dann entschied sie sich jedoch, darauf zu verzichten. Sie waren Gegner, und jetzt wussten es *beide*.

Sydney wandte sich ab und ging auf die andere Seite des Speiseraums, wo sie einen freien Tisch entdeckt hatte. Sie wollte sich gerade setzen, als Roxy ihr von der gegenüberliegenden Ecke aus zuwinkte.

»Sydney! Hey, Syd! Da bist du ja!«

Roxy, die ihre Haare hochgesteckt hatte und wie das perfekte Inselmädchen aussah, bedeutete Sydney, sich zu ihr in die Nische zu setzen.

»Isst du heute Morgen auch allein?«, fragte Sydney, als sie gegenüber von Roxy auf die Bank schlüpfte. Auf dem Tisch standen lauter schmutzige Teller, aber Roxy hatte nur ein schirmgekröntes Glas Eistee vor sich.

»Nein. Keisha war vorhin hier. Und Francie. Sag mir, auch wenn es mich nichts angeht ... aber habt ihr euch irgendwie gestritten?«

Von jedem anderen hätte Sydney sich eine solche Frage nicht gefallen lassen, aber Roxy sah so ehrlich besorgt aus, dass sie es ihr erklärte.

»Nicht wirklich«, erwiderte sie und verdrehte etwas die Augen. »Sie ist bloß sauer, weil ich von dem Boot gesprungen bin und sie Angst um mich gehabt hat. Es ist alles ziemlich dumm gelaufen.«

»Wow«, machte Roxy kopfschüttelnd. »Sie sollte dir eigentlich dankbar sein. Ich meine, du hast versucht, ihr das Leben zu retten.«

»Genau! Vielen Dank!« Endlich verstand es jemand.

»Ich will mich heute an den Pool legen ... wenn du mitkommen willst«, bot Roxy ihr an. »Wir haben terminplanmäßig einen ziemlich freien Tag.«

»Danke. Vielleicht komme ich darauf zurück.«

Sie überlegte, was sie Roxy sagen sollte, um zu erklären, dass sie zunächst noch etwas anderes vorhatte, aber in diesem Moment tauchte die Kellnerin an ihrem Tisch auf. Nach der vergangenen Nacht war Sydney ziemlich hungrig, und sie bestellte Macadamianusspfannkuchen, Rührei mit Schinken und Obst.

»Wie behältst du nur deine mädchenhafte Figur?«, stichelte Roxy, als die Frau ging.

»Training«, antwortete Sydney wahrheitsgemäß.

»Du wirst entschuldigen, dass ich nicht bleibe, um dir beim Essen zuzusehen«, sagte Roxy und schob ihr Glas beiseite. »Aber ich habe meiner Mom versprochen, sie heute Morgen anzurufen, und jetzt passt es gerade gut.«

»Mach ruhig«, nickte Sydney. »Ich komme schon allein zurecht.«

Roxy warf einen Blick durch den Speiseraum und grinste. »Ich glaube nicht, dass du lange allein bleiben wirst. Bis später, Syd«, meinte sie und ging davon.

Sekunden später tauchte Francie am Tisch auf, ließ sich auf Roxys Platz fallen und starrte Sydney vorwurfsvoll an.

»Ich, äh ... dachte, du hast bereits gegessen«, sagte Sydney verlegen.

»Das habe ich auch.«

»Oh.«

Sydney blickte zu der Ecke, wo Ashley saß, hinüber. Über der Rückwand der Nische konnte man ihren blonden Kopf sehen – sie war also noch immer dort.

»Was du gestern Nacht getan hast, war verrückt«, sagte Francie. »Du hättest bei dem Sprung von diesem Boot sterben können.«

»Darüber haben wir doch schon gesprochen. Ich dachte, du wärst ins Wasser gefallen – das war der einzige Grund, warum ich es getan habe! Es tut mir Leid, wenn ich dich in eine peinliche Lage gebracht habe.«

»Peinlich?« In Francies Augen schimmerten Tränen. Sie versuchte sie wegzublinzeln, aber die ersten liefen ihr bereits die Wangen hinunter. »Hast du überhaupt daran gedacht, wie ich mich gefühlt hätte, wenn du gestorben wärst? Oder sch-sch-schlimmer noch«, stammelte sie schluchzend, »wenn du gestorben wärst und es meine Schuld gewesen wäre?«

»Francie!« Sydney eilte um den Tisch und nahm ihre Freundin in die Arme. »Ich werde nicht sterben.« Sie musste prompt an Ashley denken, aber das Mädchen war jetzt hinter ihr, außer Sicht. »Oder wenn doch«, fügte sie hinzu, »wird es nicht deine Schuld sein.«

»Es war meine Schuld, dass du ins Meer gesprungen bist.«

»Nein, es war Ashleys Schuld. Das Mädchen ist verrückt.«

Francie rang sich ein Lächeln ab. »Du magst sie nicht?«

»Soll ich ehrlich sein? Ich kann sie nicht ausstehen. Falls du also siehst, wie ich sie in einen aktiven Vulkan stoße oder so, wirst du mir hoffentlich keine Vorwürfe machen.«

Sie konnte Francie nicht verraten, dass sie nur halb im Scherz sprach.

Francie lachte auf. »Es gibt keine aktiven Vulkane auf Oahu. Du müsstest dafür zur großen Insel fahren.«

Sydney tat, als würde sie darüber nachdenken. »Okay. Das ist die Mühe nicht wert«, meinte sie dann, was Francie erneut zum Lachen brachte.

Die Kellnerin tauchte wieder mit dem Frühstück auf und stellte die Teller auf den Tisch.

»Entschuldigen Sie, aber ich habe kein Haschee bestellt«, sagte Sydney.

»Nein? Tut mir Leid.« Die Frau wollte wieder nach dem Teller greifen.

»Was sie *meint,* ist«, warf Francie hastig ein, »können wir etwas Ketschup dazu bekommen?«

Sydney lächelte und gab ihrer Freundin eine Gabel.

Als Sydney mit dem Frühstück fertig war, hatten sich Katie und Michelle zu ihnen gesellt und plauderten mit Francie über die Prominenten, die die beiden während ihrer letzten Reise nach Cannes gesehen hatten.

»Ich gehe auf mein Zimmer«, unterbrach Sydney. Sie spürte, dass sie unruhig wurde, wenn sie an all das dachte, was sie noch zu erledigen hatte.

Francie winkte ihr zu. »Ich komme in einer Minute nach.«

Als Sydney aufstand, bemerkte sie, dass Ashley fort und

ihr Tisch jetzt von einem älteren Paar besetzt war. Sie spürte einen besorgten Stich, ließ es dann aber dabei bewenden. Schließlich konnte sie sie nicht jede Sekunde überwachen – sie hatte selbst einige Dinge zu tun.

Sydney fuhr mit dem Aufzug zu ihrem Zimmer und plante die nächsten Schritte. Sie würde sich umziehen und Francie eine Nachricht hinterlassen, dass sie joggen war – das sollte ihr eigentlich genug Zeit verschaffen, um den Mietwagen zu tauschen und ihre Ausrüstung für die Nacht vorzubereiten. Sie wäre rechtzeitig zurück, um noch zu Roxy an den Pool zu stoßen, und niemand würde bemerken, dass sie fort gewesen war.

Sie öffnete die Tür – und blieb abrupt stehen. Ungläubig schaute sie sich um.

Die Laken und Decken der Betten lagen in einem unordentlichen Haufen auf dem Boden. Sydneys Kleider sahen aus, als wären sie aus ihrem Koffer heraus explodiert und durch den ganzen Raum geflogen. Francies Koffer war auf dem Boden ausgekippt worden, und von den Klamotten im Schrank hing nicht ein Stück mehr an seinem Haken. Die Schuhe lagen herum, als hätte ein Tornado sie überall hin verstreut.

Sydney hoffte, Ashley im Bad vorzufinden, um die Sache ein für alle Mal zu klären. Doch während auch dort alle Sachen auf dem Boden lagen, war Sydneys gegnerische Spionin natürlich längst fort.

Eilig befestigte Sydney das Bitte-nicht-stören-Schild außen am Türknauf und schloss ab, damit Francie nicht herein konnte. Dann hastete sie zum Schrank, hängte die Kleider auf und sammelte die Schuhe ein; alles mit schnellen, methodischen Bewegungen. Als Nächstes nahm sie Francies Koffer, faltete sorgfältig alle Klamotten zusammen und legte sie hinein. Inständig betete sie, dass auch alles an seinem richtigen Platz war.

Wenigstens weiß ich, dass Ashley nichts gestohlen hat, dachte sie.

Das einzige Spionagegerät, das nicht im Mietwagen lag, war Sydneys SD-6-Handy. Sie hatte es für den Fall mit hochgenommen, dass Wilson anrief.

Aber das Wichtigste ist jetzt, Francie nicht merken zu lassen, was passiert ist, sagte sie sich. Sie würde durchdrehen, wenn sie es erfährt!

Vor allem, da Sydney nicht die Absicht hatte, den Einbruch anzuzeigen.

Als sie mit Francies Koffer fertig war, griff sie nach ihrem eigenen und packte ihre Sachen ein, ohne besonders auf Ordnung zu achten. Dann faltete sie die Decken zusammen, legte sie auf die Betten und warf die Laken daneben.

Falls Francie vor dem Zimmermädchen hochkommt, werde ich einfach sagen, dass ich sicher sein wollte, dass die Laken gewechselt werden.

Natürlich hätte sie die Betten auch selber machen können, aber sie hatte wichtigere Dinge zu tun, zum Beispiel das Durcheinander im Bad beseitigen.

Hastig hob sie die Lippenstifte und Make-up-Utensilien vom Boden auf und versuchte, ihre Sachen von Francies zu trennen. Dabei fragte sie sich, was Ashley wohl in ihren Kosmetiktaschen zu finden gehofft hatte. Vielleicht Wanzen. Minikameras. Peilsender. Mikrofilme. Eigentlich gab es eine Menge Möglichkeiten – wenn eine Person nicht wusste, wonach sie suchte.

Und dann kam Sydney der entscheidende Gedanke: Wenn ich gestern Nacht den Prototypen gefunden hätte, wäre er jetzt in Ashleys Besitz!

Der Gedanke erschütterte sie weit mehr als das Chaos in ihrem Zimmer. Jedes Mal, wenn sie glaubte, Ashley durchschaut zu haben, ließ sich das Mädchen etwas Unerwartetes einfallen. Denn mit einem Einbruch hatte sie wirklich nicht gerechnet, schon gar nicht am helllichten Tag.

Ich hätte sie überraschen können. Francie hätte sie überraschen können.

Ein Schauer lief Sydney über den Rücken. Was wäre passiert, wenn Francie Ashley ertappt hätte?

Zum zweitenmal fürchtete sie um das Leben ihrer besten Freundin.

Das Problem ist nur, überlegte sie verzweifelt, was kann ich dagegen tun?

Roxy lag bereits am Swimmingpool, als Sydney dorthin kam. Die Rothaarige rekelte sich in einem blauen Bikini und las ein Buch mit einer vollbusigen Frau und einem Piraten auf dem Umschlag. Als sie Sydney sah, legte sie es beiseite. Doch ihr Lächeln wich schnell einem überraschten Gesichtsausdruck.

»Wo ist dein Badeanzug?«, fragte sie erstaunt.

Sydney hatte im Zimmer eine Nachricht für Francie hinterlassen und trug jetzt ihre Joggingsachen.

»Es ist etwas passiert«, sagte sie mit leiser Stimme, während sie sich auf die Kante des Liegestuhls neben Roxy setzte. »Jemand ist in meinem Zimmer gewesen.«

Roxy zog die Brauen zusammen. »Vielleicht das Zimmermädchen?«

»Nein. Definitiv nicht das Zimmermädchen. Jemand hat, äh ... meine Sachen durchwühlt.« Sie ging ein großes Risiko ein, Roxy davon zu erzählen; es war vielleicht besser, nicht zu viele Einzelheiten zu erwähnen.

Roxy setzte sich auf. »Fehlt irgendetwas?«

»Nein.«

»Dann ist ja alles in Ordnung!«, sagte sie lächelnd. »Wahrscheinlich waren es die *Menehunes*.«

»Die Menewas?«

»Auf der Kreuzfahrt gestern Abend hat mir ein Mann von ihnen erzählt. *Menehunes* sind diese boshaften kleinen Einheimischen, die ständig Streiche spielen. Eine Art hawaiianische Kobolde.«

Sydney holte tief Luft. Offenbar hatte sie die Sache *zu sehr* heruntergespielt.

»Nein, hör zu, Roxy. Es ist ernst.« Sie warf einen Blick umher, um sich zu vergewissern, dass niemand mithörte. »Ich glaube, es war Ashley.«

»Ashley?« Roxys blaue Augen weiteten sich. »Warum sollte Ashley in dein Zimmer gehen?«

»Das kann ich nicht sagen.« Dies entsprach zweifellos der Wahrheit. »Vielleicht wollte sie etwas stehlen.«

»Zum Beispiel?«

»Schmuck, Geld. Ich weiß es nicht.«

»Aber das ist verrückt!«, protestierte Roxy. »Ashleys Eltern sind reich.«

»Manchmal ... haben Menschen Geheimnisse. Du denkst, jemand zu kennen, aber ...«

»Wir sollten den Sicherheitsdienst informieren«, unterbrach Roxy und sprang auf. »Sie werden schon herausfinden, wer es getan hat.«

»Nein!«

Roxy starrte sie mit einem ungläubigen Ausdruck auf dem Gesicht an.

»Ich meine, ich würde das lieber unter uns Schwestern klären. Du nicht auch?«

»Stimmt«, meinte Roxy nach kurzem Überlegen. »Aber was ist, wenn es *nicht* Ashley war? Was ist, wenn es ein völlig Fremder war?«

»Es war Ashley«, beharrte Sydney. »Ich kann dir nicht sagen, wieso ich es weiß. Ich weiß es einfach.«

Roxy ließ sich fassungslos wieder auf ihrem Liegestuhl nieder. »So etwas ist bei AKC noch nie passiert. Ich meine, wir sind *besser* als die anderen. Verstehst du?«

»Ich weiß«, versicherte Sydney. »Es ist nur ... könntest du mir helfen, Ashley im Auge zu behalten? Und mein Zimmer auch? Ich will es Francie nicht sagen, weil ich sie nicht beunruhigen will. Und ich kann Ashley nicht mit meinem Verdacht konfrontieren, weil ich keine Beweise habe. Aber wenn du mir helfen könntest, sie zu beobachten ...«

Roxy nickte. Sie war noch immer leicht erschüttert, aber

sie fasste sich wieder. »Definitiv. Ich bin dabei. Ich werde wie ein Luchs auf sie aufpassen.«

»Das wäre toll.« Sydney spielte ihre letzte Karte aus. »Ich wollte eigentlich einen längeren Lauf machen, um mich wieder zu beruhigen. Aber wenn du denkst, dass ich hier bleiben sollte ...«

»Nein, geh nur.« Roxy stand auf. »Ich werde herumspazieren und gucken, was die anderen machen. Mir ist, glaube ich, gerade ein AKC-Projekt eingefallen, das Ashley den ganzen Tag beschäftigt halten wird.« Verschwörerisch lächelte sie Sydney an. »Zumindest wird mir eins eingefallen sein, wenn ich sie finde.«

Das Lächeln, mit dem Sydney ihr antwortete, kam aus tiefstem Herzen. »Danke, Roxy. Du bist die Beste.«

Roxy lachte auf – eine Bewegung, die das Juwel in ihrem Nabel tanzen zu lassen schien. »Das bin ich, nicht wahr? Sorg dafür, dass sich das herumspricht.«

KAPITEL 10

Als Sydney in dieser Nacht wieder in die Bucht von Pearl Harbor kam, blickte sie bei jedem Geräusch über ihre Schulter. Sie war früher als gestern eingetroffen, um das Mondlicht länger ausnutzen zu können. Aber dasselbe Mondlicht, das es ihr erlaubte, bei den Vorbereitungen für ihren Tauchgang besser zu sehen, ermöglichte es anderen, sie ebenfalls besser zu sehen. Sie spürte eine große Erleichterung, als sie sich endlich in das dunkle Wasser sinken ließ und sich zu dem Wrack aufmachte.

Der Scooter zog sie schnell durch das Meer, das GPS-Gerät war auch heute ihr einziger Führer. Aber diesmal hatte sie die genauen Koordinaten – und sie wusste, was sie erwartete. Ein neu erworbenes Brecheisen, ein Hammer und einige Bolzenschneider lagen schwer in dem Taucherbeutel an ihrer Hüfte. Mit diesen Geräten war sie jetzt in der Lage, alles zu öffnen. Und sie war entschlossen, diesmal das *ganze* Schiff zu durchsuchen. Vielleicht war der Prototyp dort unten, vielleicht auch nicht. So oder so wollte sie sich vergewissern, um nicht noch einen dritten Tauchgang machen zu müssen.

Als die Koordinaten anzeigten, dass sie sich über dem Wrack befand, tauchte Sydney eilig hinab. Nur ganz kurz verlangsamte sie, um den Druck in ihren Ohren auszugleichen und ihre Lampe einzuschalten. Dann deponierte sie den Scooter an derselben Stelle auf dem Deck wie am Tag zuvor und schwamm zum Heck der *Eagle*, fest entschlossen, nicht an die Haie zu denken. An der schräg geneigten Kabine verharrte sie etwas länger, um sich nach Moränen umzusehen. Als sie keine erblickte, schwamm sie schnell hinein.

Die Schränke unter dem Instrumentenpult, bei denen ihr Messer gestern versagt hatte, setzten dem massiven Brecheisen keinen Widerstand entgegen. Sie stemmte die erste Doppeltür auf, fand aber nichts von Interesse darin. Vielleicht hatten sich in den Fächern früher Karten befunden; jetzt war auf jeden Fall nur noch Matsch von ihnen übrig. Sydney arbeitete sich weiter fort und öffnete einen Schrank nach dem anderen. In einem weiteren fand sie die gummierten Überreste von Schlechtwetterkleidung. Schließlich entdeckte sie einen in Auflösung begriffenen Behälter, der ihr Herz schneller schlagen ließ. Aber er enthielt nur einen beschädigten Sextanten für die Himmelsnavigation.

Als sie sicher war, dass sie die obere Kabine gründlich durchsucht hatte, schwamm sie anschließend zum Unterdeck. Die Kombüse und die darüber liegende erste kleine Kabine hatte sie bereits überprüft. Jetzt entschied sie, am Bug anzufangen, in der vordersten Kabine des Schiffes, und sich von dort zum Heck vorzuarbeiten. Falls sie den Prototypen nicht fand, wenn sie zu der Kombüse zurückkehrte, würde sie im Maschinenraum nachsehen.

In dem Moment, in dem Sydney die Kabine betrat, wusste sie, dass sie am richtigen Ort war. Dieser Raum war viel luxuriöser als die anderen Kabinen eingerichtet, als hätte sie der Unterbringung des Kapitäns gedient – oder wichtigen Gästen. Das gesamte Zimmer war offenbar mit Holz vertäfelt gewesen, doch davon existierten nur noch wurmzerfressene Überreste. Die Messinghalterungen waren stark korrodiert. Ein kleiner Metalltisch war an den steil geneigten Boden geschraubt, und eine große, erhöhte Plattform nahm die schmalste Stelle der Kabine ein und ragte in den Raum. Sydney identifizierte sie als Bett und schwamm näher. Die Matratze war nahezu verrottet und enthüllte nur noch eine Reihe verrosteter Sprungfedern, die an dem Metallrahmen befestigt waren. Auf beiden Seiten der Plattform waren Schubladen zu sehen – verschlossene Stahlschubladen.

Hier würde *ich* alle wichtigen Dinge aufbewahren, überlegte Sydney und zog das Brecheisen wieder aus dem Beutel. Unter dem Bett mochte vielleicht nicht das originellste Versteck sein, aber Dr. Suler konnte nicht wissen, wie sich die Lage entwickelte. Er hatte nicht viel Zeit gehabt. Sydney stemmte das Brecheisen hinter die Frontseite der ersten Schublade und brach das verrostete Schloss auf.

Dann leuchtete sie mit der Taucherlampe in die Öffnung und spähte hinein. Nichts.

Unverzagt stemmte sie die nächste und übernächste Schublade auf. Ebenfalls nichts.

Auf der anderen Seite des Podests gab es drei weitere Schubladen. Sydney brach auch sie auf und arbeitete dabei schneller und schneller. Die ersten beiden enthielten nur Schlick. Ihr Herz sank, als sie in die letzte spähte.

Wieder nichts.

Erfolglos überprüfte sie schließlich noch einen verrotteten Wandschrank und wollte schon den Raum verlassen, als ihr eine Idee kam. Sie schwamm zurück zu dem Bettpodest, stemmte das Brecheisen unter einen Teil der Metallsprungfedern an der Oberseite und drückte mit aller Kraft. Die Sprungfedern brachen ab, fielen zur Seite und nahmen genug rostiges Metall mit, dass fast in der Mitte der Plattform ein kleines Loch entstand. Sydney arbeitete weiter und verbreiterte mit dem Brecheisen die Öffnung, bis sie schließlich ein ziemlich großes Loch geschaffen hatte. Sie leuchtete mit ihrer Lampe hinein – und hielt vor Begeisterung den Atem an. Sie hatte richtig vermutet: Die Schubladen an den Seiten des Podestes nahmen nicht die gesamte Breite des Bettes ein. Zwischen ihren beiden Rückseiten war noch genug Platz, um – wenn man eine Schublade ganz herauszog – dahinter etwas zu verstecken. Und dort, stumpf geworden, aber auch nach sechzig Jahren im Salzwasser nicht zerstört, befand sich ein lunchboxgroßer Koffer aus rostfreiem Stahl!

Voller Spannung griff sie nach ihm, wischte den Schlick

in der Nähe des Griffes ab und fand drei Initialen an einer goldenen Plakette: B.L.S.

Geschafft!, dachte sie triumphierend.

Eilig nahm sie den Hammer und die Bolzenschneider aus ihrem Taucherbeutel und ließ sie zusammen mit dem Brecheisen einfach ins Wasser fallen, um Platz für den Prototypen zu schaffen. Dann steckte sie den wertvollen Fund zu ihrem SD-6-Handy, vergewisserte sich, dass der Maschenbeutel sicher verschlossen war, und befestigte ihn wieder an ihrer Hüfte. Begierig darauf, wieder an Land zurückzukehren, drehte sie sich um und schwamm Richtung Ausgang.

Mit geschmeidigen Bewegungen glitt sie durch den Zentralgang zur Kombüse und folgte dann der Leiter zur oberen Kabine. Mithilfe der Lampe, steuerte sie anschließend den schrägen Umriss der Ausstiegsluke an und war in Gedanken bereits mit dem Scooter auf dem Rückweg zum Strand.

Sie war völlig unvorbereitet, als von hinten etwas ihren Sauerstofftank traf.

Der scheppernde Schlag schleuderte Sydney zur Seite, und sie verlor fast das Atemgerät aus dem Mund. Die Augen vor Schreck geweitet, wirbelte sie herum und erhaschte einen Blick auf eine behandschuhte Hand, die mit einer Metallstange nach ihrem ausgestreckten Unterarm schlug. Der Schmerz zuckte hinauf bis in ihre Schulter, und die Lampe glitt ihr aus den Händen. In diesem Moment attackierte sie ihr Gegner ein weiteres Mal und griff nach dem Taucherbeutel.

Instinktiv schlug Sydney mit der Handkante nach dem Kopf des Angreifers. Sie konnte nur eine Silhouette erkennen, aber sie spürte, dass ihr Schlag traf und den Kopf des anderen Tauchers nach hinten schmetterte. Die Wucht ließ sie auseinander treiben. Sydney nutzte die Gelegenheit, griff nach dem Messer an ihrer Wade, zog es aus der Scheide und hielt es vor sich, während sie durch die Luke ins offene Wasser zurückwich.

Außerhalb der Kabine war es dunkel, und ohne Licht war sie gezwungen, sich am Kabinendach entlang zu ihrem Scooter zu tasten. Sie hatte den halben Weg schon zurückgelegt, als sich die Dunkelheit plötzlich hob: Der andere Taucher hatte die Lampe genommen und folgte ihr. Sydney blinzelte in den Lichtstrahl und stieß blindlings mit dem Messer zu. Sie traf das Lampengehäuse, gleichzeitig sauste die Metallstange erneut auf ihren Arm nieder. Das Messer löste sich aus ihrer Hand und sank zusammen mit der Lampe in die Tiefe.

Nach kurzem Zögern beschloss Sydney anzugreifen. Sie streckte beide Hände aus und fühlte zwischen ihren Fingern einen mit Neopren bekleideten Arm – der sich ihr jedoch sofort wieder entwand. Dann spürte sie den Druck des aufgewühlten Wassers, der von der Stange herrührte, die an ihrer Maske vorbeistrich und nur knapp ihr Gesicht verfehlte. Automatisch packte sie den Arm mit der Waffe und verdrehte ihn ruckartig. An Land hätte dieser Griff die Schulter ihres Gegners ausgerenkt; hier drehte sie den anderen Taucher aber nur herum. Sydney drückte den fremden Arm hoch, entriss der geschwächten Hand die Stange und holte mit ihr aus.

Doch ihre Instinkte wehrten sich gegen den Gedanken, wie ein Scharfrichter von hinten zuzuschlagen. Sie konnte die Person, die sie schlagen wollte, nicht einmal sehen, aber der Größe und Körperkraft nach zu urteilen, war sie inzwischen sicher, dass es sich um eine Frau handelte. Sydney ließ die Waffe fallen, und streckte fast in derselben Bewegung stattdessen den Arm aus, packte den Luftschlauch ihrer Gegnerin und riss daran. Eine regelrechte Explosion aus Blasen sprudelte an ihrem Gesicht vorbei, als er sich löste. Die andere Taucherin wehrte sich verzweifelt. Aber Sydney zog die Beine an, stemmte die Füße mit den Schwimmflossen in den Rücken ihrer Gegnerin und stieß sie mit aller Kraft in die Tiefe. Bevor ihre Feindin sich erholen konnte, fand Sydney das Kabinendach und tastete sich zu der Stelle, wo sie den Scooter zurückgelassen hatte.

Zu ihrer Erleichterung war das Vehikel noch immer dort, und auch der GPS-Empfänger befand sich nach wie vor an seinem Platz. Sydney schaltete den Propeller ein, stieß sich von der *Eagle* ab und gab Vollgas. Mit etwas mehr als drei Kilometer pro Stunde würde sie zwar nicht gerade einen Geschwindigkeitsrekord aufstellen, aber kein Schwimmer war in der Lage, sie einzuholen.

Vorausgesetzt, sie kann noch schwimmen, durchfuhr es sie.

Sydney war sich nicht sicher, wie stark die Sauerstoffversorgung der anderen Taucherin beschädigt worden war. Zweifellos hatte sie ihrer Gegnerin zumindest große Probleme gemacht. Aber ob sich das, was sie angerichtet hatte, in der Dunkelheit des Meeres und nur mit einer Lungenfüllung Luft beheben ließ, war etwas, worüber Sydney jetzt lieber nicht nachdenken wollte.

Es war Selbstverteidigung, mahnte sie sich. Wer auch immer es war, er wollte um jeden Preis den Prototypen haben.

Allerdings hatte Sydney wenig Zweifel, was die Identität der anderen Taucherin anging.

Ashley. Wer sonst?

Wieder am Strand, schaltete Sydney ihren Scooter aus und glitt nahezu geräuschlos in einen anderen Teil der Bucht. Sie hatte zwar keine Anzeichen von Verfolgung bemerkt, aber es war durchaus möglich, dass ein Komplize am Ufer lauerte. Vorsichtig steckte sie ihren Kopf aus dem Wasser und suchte mit den Augen den verlassenen Strand nach weiteren Gegnern ab. Sie hatte zu viel durchgemacht, um sich den Prototypen jetzt abnehmen zu lassen. Aber es war nichts zu sehen.

Lautlos schwamm sie das restliche Stück zum Strand, zog hastig ihre Schwimmflossen aus und deponierte sie und den Scooter dort. Anschließend streifte sie den Sauerstofftank ab, legte ihre Maske daneben und kroch vorsichtig an den

Mangroven vorbei, darauf vorbereitet, im Notfall kämpfen zu müssen.

Doch zwischen den Bäumen rührte sich nichts. Unauffällig schlich sie den Hang zu der buschumwachsenen Straßenausbuchtung hinauf. Nichts deutete darauf hin, dass ihr Wagen angefasst worden war. Der staubige Boden in der Umgebung wies keine verräterischen Fußspuren auf. Plötzlich fiel Sydney ein, dass irgendwo ein zweites Auto stehen musste – Ashleys Auto. Sie eilte zu der Straßenseite, von der Ashley in der vergangenen Nacht davongebraust war, fand aber auch dort nichts. Keinen Wagen, keine frischen Reifenspuren. Nichts. Sie war barfuß und fror in ihrem nassen Taucheranzug, doch zwang sich, die Umgebung weiter abzusuchen. Aber es gab nirgendwo einen Hinweis darauf, dass in der letzten Zeit jemand hier gewesen war.

Sydney kehrte zum Strand zurück, stellte sich in den Schatten der Mangroven und blickte hinüber zum Hafen. Auf den niedrigen Wellen glitzerte das Mondlicht, aber es erschien kein Taucher an der Wasseroberfläche. Erneut fragte sich Sydney, ob Ashley ertrunken war.

Ich hätte es bis zur Oberfläche geschafft, dachte sie. Dreizehn Meter sind nicht so viel.

Andererseits hatte sie seit ihrer Paris-Mission geübt, den Atem anzuhalten, während Ashley ohne Luft und desorientiert in völliger Dunkelheit zurückgeblieben war.

Was ihre eigene Schuld ist!, versuchte Sydney sich vor sich selbst zu verteidigen. Ihr gefiel es nicht, wie schuldig sie sich fühlte.

Schließlich trug sie ihre Taucherausrüstung zum Wagen, verstaute sie im Kofferraum, streifte eilig den feuchten Anzug ab, um sich trockene Kleidung anzuziehen und nahm den Prototypen und ihr Handy aus dem Taucherbeutel. Dann schloss sie den Kofferraum, öffnete die Fahrertür, stieg ein und verriegelte die Tür.

Jetzt fühlte sie sich etwas sicherer. Sie schaltete eine kleine Taschenlampe ein und musterte ihren Fund.

Der Koffer selbst war in tadellosem Zustand, aber das Schloss unter dem Griff war korrodiert – man würde es aufbrechen müssen. Aber nicht nur das, auch die Scharniere zwischen den beiden Hälften waren vom Rost zerfressen, sodass sie sich ebenfalls nicht öffnen ließen. Sydney schaltete die Lampe aus und wählte die Nummer ihres Bosses.

»Wilson hier.« Die Art, wie er die Worte in den Hörer bellte, ließ bei Sydney die Frage aufkommen, ob ihr Chef jemals schlief.

»Hier ist Sydney. Ich habe ihn«, flüsterte sie zurück, weil sie noch immer fürchtete, belauscht zu werden.

»Das hört sich schon besser an!« Seine Stimme war jetzt wieder viel wärmer als bei ihrem letzten Telefonat. Sie konnte fast sehen, wie er lächelte. »Wie sieht er aus?«

»Erstaunlich sauber. Als wäre er mit einer Art Wunderwachstumshemmer behandelt worden.«

»Alles ist möglich. Ist er intakt?«

»Und verschlossen. Soll ich ihn aufbrechen?«

»Nein«, sagte er hastig. »Das sollten wir besser im Labor tun. Ist Wasser im Innern?«

Sydney schüttelte den kleinen Koffer an ihrem Ohr. »Ich höre nichts, und er ist rundum versiegelt. Ich glaube, er ist in demselben Zustand, wie er zurückgelassen wurde.«

»Fantastisch!«, lobte Wilson. »Ich wusste, dass Sie es schaffen!«

»Nun ja ... das Problem ist, was mache ich jetzt damit? Ashley und ich haben im Wrack gekämpft, und ich weiß nicht, was aus ihr geworden ist.«

»Ich dachte, Sie wollten sich um Ashley kümmern.«

»Möglicherweise habe ich mich gerade um sie gekümmert. Sie ist nicht mehr aufgetaucht.«

Eine Pause folgte, während Wilson über die Information nachdachte.

»Sie sollten wissen, dass Ashley Evans ein Deckname ist«, sagte er dann. »Wir suchen weiter, aber bis jetzt hat dieses

Mädchen offiziell nicht existiert. Gut getarnt – ich bezweifle, dass Sie das überrascht.«

»An Ashley überrascht mich nichts. Hören Sie, Wilson, ich kann den Prototypen nicht im Hotel aufbewahren. In mein Zimmer ist bereits eingebrochen worden, und ich traue dem Hotelsafe nicht, wenn ich bedenke, mit was ich es hier zu tun habe. Ich weiß, Sie haben geplant, dass ich ihn Ihnen schicke, doch das wäre Wahnsinn in der jetzigen Situation. Ich weiß nicht, ob mich jemand beobachtet. Ich weiß nicht, ob mich jemand abhört. Ich weiß nur mit Sicherheit, dass jemand versuchen wird, dieses Ding in der Sekunde zu stehlen, in der ich es aus der Hand gebe.«

»Einverstanden«, sagte Wilson. »Behalten Sie es bei sich.«

»Aber ich kann es unmöglich mit dem Flugzeug zurückbringen! Wenn ich es in meinen Koffer tue und damit einchecke, werden wir ihn nie wieder sehen. Und wenn ich versuche, es als Handgepäck mit an Bord zu nehmen ... Wir können nicht riskieren, dass es konfisziert wird.«

»Nein, das stimmt.«

»Was soll ich also tun?«

»Geben Sie mir ein paar Tage«, meinte er. »Ich habe ein Boot, das nordwestlich von Ihnen eine Bergung durchführt. Ich denke, ich kann es nach Honolulu schicken, sodass Sie Mittwochnacht eine Übergabe machen können.«

»Mittwoch? Aber wir haben erst Montag! Was soll ich bis dahin tun?«

»Drei Dinge. Lassen Sie den Prototypen nicht aus den Augen! Schützen Sie ihn mit Ihrem Leben! Und bleiben Sie am Leben!«

KAPITEL 11

»Mann, ist das tief«, sagte Francie, die neben Sydney am Rand des steil abfallenden Kliffs stand. »Da möchte ich nicht runterfallen.«

»Wahrscheinlich würdest du sofort wieder nach oben geweht werden«, schrie Sydney, um den heulenden Wind zu übertönen.

»Bei diesen hawaiianischen Kerlen hat es nicht funktioniert«, rief ihr Francie ins Gedächtnis.

Sydney lachte, aber sie fühlte sich alles andere als entspannt. Die AKC-Mädchen machten an diesem Dienstag eine private Bustour, und im Moment befanden sie sich auf dem Nuuanu-Pali-Aussichtspunkt im gebirgigen Zentrum von Süd-Oahu. Obwohl es nur eine kurze Fahrt von Waikiki entfernt war, wirkte das Kliff, auf dem die Mädchen standen, unglaublich wild und abgelegen. Der Wind tobte Sydney in unheimlicher Weise um die Ohren und erinnerte sie an die Geschichte des Tourführers über den Eingeborenenkrieger Kamehameha den Großen, der vor langer Zeit bei seinem Versuch, die Insel zu erobern, von dem Kliff gestürzt war. Die Städte an der Küste tief unten am Fuß der steilen, grünen Berghänge sahen wie Spielzeug aus, und die Gischt des blauen Pazifiks, der unter ihnen glitzerte, erinnerte an verstreuten Zucker. Die Schönheit des Ortes war atemberaubend, aber Sydney gingen ganz andere Dinge durch den Kopf: der Prototyp in ihrem Rucksack und die Tatsache, dass Ashley nur zwanzig Meter weiter am Rand des Kliffs stand.

Sie war völlig verblüfft gewesen, als Ashley am Morgen in den Bus gestiegen war und sich benommen hatte, als sei ein ganz normaler Tag. Doch trotz allem, was zwischen ihnen vorgefallen war, war Sydney froh, dass sie sie nicht getötet hatte.

Aber ich werde es tun, wenn sie mich dazu zwingen sollte, dachte Sydney, und ihr Blick wanderte wieder zu Ashley hinüber.

Als könnte sie Gedanken lesen, sah Ashley auf und ihr direkt in die Augen. Die Feindseligkeit zwischen ihnen knisterte regelrecht, so intensiv, dass Sydney sich wunderte, dass nicht alle sie spürten. Aber die anderen Mädchen redeten weiter und wiesen sich gegenseitig auf die Naturschönheiten hin, ohne es zu bemerken.

»Ich gehe zurück zum Bus«, erklärte Francie. »Ich glaube, ich habe meine Sonnenbrille auf dem Sitz vergessen.«

Sydney nickte geistesabwesend, ihre Aufmerksamkeit weiter auf Ashley gerichtet. Mit einem hasserfüllten Blick wandte sich ihre Feindin jetzt ab und trat so dicht an den Rand des Kliffs, dass Sydney fürchtete, ein plötzlicher Windstoß würde sie in die Tiefe wehen.

Was keine schlechte Sache wäre, sinnierte sie weiter. Solange nicht sie es wäre, die Ashleys Tod auf dem Gewissen hätte, ließen sich seine Vorteile nicht leugnen. Meine Tarnung wäre wiederhergestellt. Ich müsste mich nicht jede Sekunde sorgen, dass sich jemand von hinten an mich heranschleicht und versucht, mir den Prototypen abzunehmen. Ich ...

»Wow!«

Die Hand, die sich unerwartet auf ihre Schulter legte, ließ Sydney aufschreien und mit hämmerndem Puls herumfahren.

Verlegen sah sie, dass sie Roxy gehörte.

»Wovon hast du denn gerade geträumt?«, fragte die Rothaarige lachend. »Du tust ja so, als wollte ich dich hinunterstoßen!«

»Agent Hicks ist nicht da«, informierte eine kalte, weibliche Stimme Sydney, »und ich bin nicht befugt, seinen Aufenthaltsort mitzuteilen.«

»Ich habe nicht nach seinem *Aufenthaltsort* gefragt«, protestierte Sydney lahm. »Ich wollte nur wissen ...«

»Ich bin nicht befugt, *irgendwelche* Informationen über Agent Hicks weiterzugeben«, unterbrach die SD-6-Operatorin. »Sie können eine Nachricht hinterlassen oder nicht. Das ist alles.«

Sie nach seiner Handynummer zu fragen, war vermutlich sinnlos. Aber Sydney hatte nicht die Nerven, dies laut auszusprechen. Sie war ohnehin schon viel zu niedergeschlagen.

»Keine Nachricht«, meinte sie und legte auf. Das Letzte, was sie jetzt brauchte, war ein Gerücht auszulösen, das im Hauptquartier herumging.

Sie ließ das Telefon in ihren Schoß fallen, blickte hinaus in einen perfekten Waikiki-Sonnenuntergang und seufzte. Sie hatte es geschafft, sich mit ihrem Rucksack für kurze Zeit von den anderen Mädchen abzusetzen und hinunter zum Strand zu gehen, um heimlich zu telefonieren. Vielleicht war es riskant, Ashley aus den Augen zu lassen, aber sie konnte nicht aufhören, an Noah zu denken.

Hätte ich seine Hilfe akzeptiert, statt mich wie ein alberner Teenager aufzuführen, wären wir jetzt zu zweit, um den Prototypen zu bewachen. Oder ich hätte ihn Noah mitgeben können und wäre erlöst.

Aber das war nicht der Grund, warum sie mit ihm sprechen wollte. Seit dem Abend am Pool ging er ihr nicht mehr aus dem Kopf.

Ich kann die Sache nicht einfach auf sich beruhen lassen, sagte sie sich, blind für die atemberaubende Aussicht. Ich muss mich entschuldigen, selbst wenn er mir nicht verzeihen wird.

Sie war nicht einmal sicher, ob er es tun sollte. Nach allem, was er gesagt hatte über die Gefahren, die entstanden, wenn Agenten enge Beziehungen eingingen, musste es für ihn eine unglaubliche Überwindung gewesen sein, zuzugeben, dass er überhaupt etwas für sie empfand. Und statt die Gelegenheit zu ergreifen, hatte sie auf seinen Gefühlen herumgetrampelt wie ... wie ...

Wie eine verzogene Verbindungsstudentin, dachte sie deprimiert.

»Da bist du ja!«, erklang Francies Stimme über den Strand und holte Sydney zurück in die Gegenwart. »Was machst du hier unten?«

»Nur, äh ... herumhängen. Mir den Sonnenuntergang ansehen. Was machst *du* hier?«

»Ich habe dich gesucht.« Francie ließ sich neben ihr im Schneidersitz im Sand nieder. »Ich wusste nicht, wo ...« Sie brach mitten im Satz ab. »Wem gehört das Telefon?«

Sie griff nach dem SD-6-Handy, aber Sydney entriss es ihr eilig und steckte es in die Tasche ihrer Shorts.

»Mir.«

»Dein Telefon ist blau. Das ist schwarz.«

Sydney rang sich ein Lachen ab. »Dir entgeht aber auch nichts, Sherlock. Sag Scotland Yard, dass ich mir ein neues gekauft habe.«

»Mit derselben Nummer?«

»Ja.« Sydney hatte noch immer ihr privates Handy, und das war die einzige Nummer, die Francie kennen sollte.

»Dann funktioniert es hier doch aber nicht, oder? Ich meine, in welchem Netz sind wir hier?«

Sydney hoffte, dass ihr ungläubiges Lächeln überzeugend wirkte, denn Francies Fragen machten sie nervös. »In dem landesweiten. Roaming. Ich weiß es nicht, Francie. Es funktioniert einfach.«

»Ich finde es irgendwie seltsam, dass du hierher gekommen bist, nur um zu telefonieren. Wen hast du eigentlich angerufen?«

»Hat dieses Verhör irgendeinen Sinn?«

»Ich begreife nur nicht, warum du mir nicht sagen

kannst, wohin du gehst. Warum muss ich Detektiv spielen, nur um herauszufinden, was du machst?«

»Das musst du nicht«, entgegnete Sydney scharf.

»Wie kommt es dann, dass du jedes Mal, wenn ich mich umdrehe, verschwunden bist? Warum können wir nicht zusammenbleiben?«

»Francie, waren wir nicht den ganzen Tag zusammen?«

Francie zögerte und nagte an ihrer Unterlippe. Schließlich nickte sie widerwillig. »Es ist nur ... ich weiß nicht. Die anderen Mädchen sind okay. Aber es ist nicht dasselbe, wenn du nicht dabei bist. Es ist anders ... wenn wir zusammen sind.« Sie seufzte und sah sie mit ihren braunen Augen flehend an. »Klinge ich wie die größte Verliererin der Welt?«

»Nein!« Sydney strich ihrer Freundin beschwichtigend über den Arm.

»Nun ... wen hast du angerufen?«, fragte Francie wieder.

»Nur ... ich habe gehört, dass es in der Innenstadt eine coole Dinnershow gibt. Und als ich hier saß, habe ich mich gefragt, was wir heute Abend unternehmen könnten und wollte mich erkundigen, wie viel die Eintrittskarten kosten.«

»Wie viel kosten sie?«

Sydney nannte eine Zahl, von der sie hoffte, dass sie zu hoch war. Und Francie verdrehte auch sofort die Augen.

»Du machst Witze! Nach diesem Busausflug bleiben mir gerade mal hundert Dollar. Wenn Roxy sich noch weitere Sachen einfallen lässt, für die wir bezahlen müssen, kann ich mich demnächst nur noch von Tarochips ernähren. Und offen gesagt habe ich die satt.«

Sydney lachte. »Wie wäre es dann mit einem Hotdog und einem Film? Geht alles auf mich.«

»Nur wir beide?«, fragte Francie hoffnungsvoll.

Zu spät dämmerte Sydney, dass sie Ashley nicht im Auge behalten konnte, wenn sie mit Francie ins Kino ging.

Andererseits kann Ashley in einem vollen Kino auch

nicht versuchen, mir den Prototypen abzunehmen, beruhigte sie sich.

»Ja«, versprach Sydney. »Nur du und ich.«

Etwa die Hälfte der AKC-Schwestern schwamm im Hotelpool, als Sydney und Francie aus dem Kino zurückkamen. Zu Sydneys Überraschung befand sich Ashley unter ihnen und durchmaß die Länge des Pools in ihrem pinkfarbenen Bikini. Sie war so dünn, dass jede Rippe zu sehen war.

»Ich bin überrascht, dass sie sich die Haare nass gemacht hat«, flüsterte Francie, Sydneys Blick folgend. »Jetzt wird sie die ganze Nacht aufbleiben und diese perfekte Frisur richten müssen.«

»Allein?«, flüsterte Sydney zurück. »Ich dachte, dafür braucht sie ein Team.«

Francie kicherte. »Willst du reingehen? Das Wasser sieht verlockend aus.«

Das stimmte, doch mit dem Rucksack auf dem Rücken konnte Sydney nicht schwimmen, und sie wollte ihn nicht auf einem Liegestuhl zurücklassen, solange Ashley in der Nähe war.

»Ich möchte mich lieber hinsetzen und dir zusehen«, erwiderte sie. »Und vielleicht etwas aus einer Kokosnuss trinken.«

»Faulpelz!«, stichelte Francie.

»Da hast du Recht. Willst du nach oben gehen und dich umziehen?«

»Ja, aber ich beeile mich.«

»Wenn du auf dem Weg durch die Lobby einen dieser heißen Hula-Jungs siehst, frage ihn, ob er herauskommen und mir Luft zufächeln kann. Und mich vielleicht auch noch mit Weintrauben füttern ... Na, solche Sachen eben.«

Francie schüttelte mit einem breiten Grinsen den Kopf. »Du bist verwirrt. Du verwechselst Hawaii mit Rom.«

»Ich bin nicht verwirrt«, widersprach Sydney und grinste zurück.

Francie ging, um ihren Badeanzug anzuziehen. Sydney fand einen freien Liegestuhl, setzte sich und blickte zu den Schwimmern hinüber. Ashley hatte das ferne Ende des Pools erreicht, wo sie kehrtmachte und nun direkt auf Sydney zuschwamm. Das Mädchen war schnell, aber das war ja keine Überraschung. Sydney beobachtete, wie Ashley das flache Ende des Pools erreichte und sich aufrichtete. Aus ihren Haaren rann das Wasser. Sie wischte sich das Chlor aus den Augen und beobachtete Sydney, die nur ein paar Schritte von ihr entfernt saß und sie ebenfalls beobachtete.

Man sah, wie ihr Körper sich abrupt anspannte. Einen kurzen Moment lang flackerte Hass in ihren Augen auf, doch dann gewann sie sofort ihre Selbstbeherrschung zurück und blickte so hochmütig drein wie immer. Sie drehte sich um, tauchte erneut ins Wasser, schwamm davon und verschwand unter dem künstlichen Wasserfall am anderen Ende des Pools.

»Hey! Was geht ab?«, fragte Keisha und ließ sich auf den Liegestuhl neben Sydney fallen. »Wer hätte geahnt, dass Hawaii so langweilig sein kann?«

Sydney lächelte. »Warum gehst du nicht schwimmen?«

»Schon wieder?« Keisha sah sie mit einem gequälten Gesichtsausdruck an. »Es gibt hier viel zu viel Wasser. Ich versteh nicht, warum wir nicht nach Vegas gefahren sind. Das liegt zwar auch mitten im Nichts, aber wenigstens gibt es dort Spielautomaten.«

»Ich bin keine große Spielerin.«

»Du atmest doch, nicht wahr?«, erwiderte Keisha. »Das *Leben* ist ein Spiel.«

Mein Leben auf jeden Fall, dachte Sydney. Sie sah wieder zum Wasserfall hinüber. Ashley war noch immer nicht hinter ihm aufgetaucht.

»Morgen Abend sollten wir alle in einen Club gehen«, meinte Keisha neben ihr. »Es muss hier doch irgendeinen Ort geben, an dem nicht schon um zehn Uhr die Bürgersteige hochgeklappt werden.«

»Uh-hu«, machte Sydney geistesabwesend.

Wie groß konnte der Bereich hinter dem Wasserfall sein? Ashley war jetzt schon lange genug dort, um den Zimmerservice zu rufen.

»Ich werde Roxy suchen«, sagte Keisha und stand auf. »Mit ihr hat man immer was zu lachen.«

»Okay. Bis später.«

Sydney winkte, als Keisha davonging – noch immer keine Spur von Ashley. Langsam bekam sie ein flaues Gefühl in der Magengegend.

Ist sie überhaupt noch dort hinten?

Es wäre ziemlich gerissen, sich direkt vor Sydneys Nase davonzuschleichen. Und Ashley hatte bereits mehrmals bewiesen, dass sie raffiniert war. Das flaue Gefühl in Sydneys Magen verwandelte sich in einen ausgewachsenen Alarm. Sie erhob sich von ihrem Stuhl und ging zu dem tiefen Ende des Pools. Dort entdeckte sie einen kurzen Tunnel, der hinter den Wasserfall führte. Sie duckte sich und kroch mit pochendem Herzen hindurch. Über ihrem Kopf fiel das Wasser von einer Felsenkante in den Swimmingpool. Sie blieb in dem geschützten Bereich unter dem Wasserfall stehen und starrte auf das menschenleere Ende des Pools.

Ashley war verschwunden.

Von Unruhe getrieben, lief Sydney zurück und sah sich überall auf der Terrasse um. Aber keine Spur von der anderen Spionin. Eine Hälfte von ihr wollte unbedingt Ashley aufspüren und herausfinden, was sie vorhatte. Doch die andere Hälfte mahnte zur Vorsicht; vielleicht war dies auch nur eine Falle. Es könnte genauso sein, dass Ashley versuchte, sie wegzulocken, um an den Prototypen in ihrem Rucksack zu gelangen.

Sydney zögerte und vergewisserte sich, dass sie nicht beobachtet wurde. Dann schlug sie sich in die umherstehenden Büsche – schließlich wusste sie noch vom letzten Mal, als Ashley heimlich das Hotel verlassen hatte, wo das Mädchen seine Kleidung zum Wechseln versteckt hatte.

Sydney konnte der Versuchung nicht widerstehen, dort noch einmal nachzusehen.

Sie hielt sich im Schatten und eilte zu der Seite des Hotels, wo Ashley damals aufgetaucht war. Doch diesmal schlich Sydney über den dicht bewachsenen Weg vom Pool, statt an der Straßenseite zu warten. Alle Sinne waren geschärft und sie achtete auf das kleinste Anzeichen für einen Hinterhalt.

Ein plötzliches Rascheln ließ sie erstarren. Ihr Herz schlug wie wild. Zwischen der Hotelwand und einer Reihe von Hibiskusbüschen gab es einen Zwischenraum von der Breite eines Bürgersteigs; von dort schien das Geräusch gekommen zu sein. Sydney versteckte sich hinter einer Palme und wartete.

Sie musste nicht lange warten.

Binnen Sekunden tauchte Ashley hinter den Büschen auf, trocken und ganz in Schwarz gekleidet. Nur ihre blonden Haare leuchteten in der Dunkelheit. Doch auch sie verschwanden von einem Moment zum nächsten – wie eine Flamme, die erstickt wurde.

Bestimmt hat sie gerade wieder diesen Hut aufgesetzt, überlegte Sydney. Ich wette, sie hat keine Ahnung, dass ich hier draußen bin!

Wie es schien, war Ashley wieder in geheimer Mission unterwegs.

Und ich bin direkt hinter ihr.

Sydney löste sich aus ihrem Versteck und folgte ihr in einigem Abstand zur Straße. In der Nähe der Bushaltestelle trat Ashley in einen dunklen Eingang und verschwand außer Sicht. Sydney verharrte und wartete erneut, überzeugt, dass Ashley wieder den Bus nehmen würde. Und tatsächlich stürzte sie, als der Bus anhielt, aus dem Eingang, stieg ein und fuhr davon. Sydney machte kehrt und rannte zu ihrem Mietwagen. Sie war ziemlich sicher zu wissen, wo Ashley hinwollte – und diesmal würde sie sie dort erwarten.

Bis auf einen Betrunkenen, der sich in einen Gully übergab, war die Straße vor dem alten Lagerhaus nahe der Hotel Street menschenleer. Sydney fuhr um den Block und entschied, am Ende der Straße zu parken, wo ihr Wagen nicht weiter auffallen würde. Dann schlich sie durch die Gasse zurück zu dem Lagerhaus. Sie entdeckte ein zerbrochenes Fenster und spähte hinein, aber im Innern des Gebäudes war es völlig dunkel. Langsam wurde sie unruhig und fürchtete schon, dass sie sich im Hinblick auf Ashleys Ziel geirrt hatte. Möglicherweise hatte ihre Gegnerin aber auch bemerkt, dass sie verfolgt wurde, und sie abgeschüttelt. Vielleicht hatte sie nur getan, als würde sie den Bus nehmen, und war an der nächsten Haltestelle wieder ausgestiegen. Sydney war der Verzweiflung nahe. Aber dann sah sie, wie der Strahl einer Taschenlampe durch das leere Gebäude blitzte, gefolgt von dem Geräusch von Schritten.

Sie duckte sich am Fenster. Ein Mann durchquerte das Gebäude, doch wie beim letzten Mal konnte sie auch jetzt kaum mehr als eine weite Hose und einen Pullover mit tief ins Gesicht gezogener Kapuze erkennen. Er ging zu einer Kiste in der Mitte des Lagerhauses und legte die Taschenlampe so hin, dass sie zur Frontseite des Gebäudes zeigte. Minuten später tauchte Ashley in dem Lichtkegel auf und blieb blinzelnd stehen, mit einer Hand ihre Augen abschirmend.

»Sind Sie allein?«, knurrte er.

»Natürlich«, fauchte Ashley. »Müssen Sie mir mit diesem Ding direkt in die Augen leuchten?«

Ihr Kontaktmann bückte sich und drehte die Taschenlampe um neunzig Grad, sodass jetzt beide im Schatten waren.

»Haben Sie es?«, fragte Ashley.

»Natürlich, was denken Sie?«

Sie musterten sich einen langen, schweigenden Moment gegenseitig. Dann griff der Mann unter seinen Pullover und holte ein in Papier eingewickeltes Päckchen von der Größe eines Ziegelsteins hervor.

»Sie kennen die Bedingungen?«, fragte er. »Ist alles klar?«

Ashley nickte.

Er hielt ihr das Päckchen hin, jedoch mit einer etwas zögernden Bewegung. »Sie sollten diese Sache nicht vermasseln.«

»Machen Sie keine Witze. Sie kennen meinen Ruf!«

»Ja.« Er gab ihr das Päckchen.

Ashley hielt es kurz in beiden Händen und steckte es dann in die Einkaufstasche an ihrem Arm. »Ich setze mich mit Ihnen in Verbindung.«

»Ich werde warten.«

Sie schien noch etwas sagen zu wollen, machte dann aber abrupt kehrt und verließ das Gebäude. Sydney sah ihr nach und überlegte, ob sie ihr folgen oder bessser bei dem Mann bleiben sollte. Aber es war Ashley, die das Päckchen bekommen hatte. Was auch immer in diesem Bündel war, Sydney musste es wissen. Die Entscheidung war klar.

Lautlos wich sie zurück, eilte zur Frontseite des Lagerhauses und erwartete, dass sich Ashley nach links wenden und wie beim letzten Mal durch die Hotel Street gehen würde. Doch Sydney war gerade halb durch die Gasse, als sie sah, dass Ashley wenige Meter vor ihr die Mündung passierte – sie war stattdessen nach rechts abgebogen. Entsetzt blieb Sydney stehen, aber zum Glück schaute Ashley nicht in ihre Richtung. Ihre Aufmerksamkeit schien auf etwas am Ende des Blocks konzentriert zu sein, während sie die Straße entlangeilte und dabei fest ihre Tasche umklammerte.

Sydney wagte wieder, sich zu bewegen, schlüpfte durch eine Hecke und schlich weiter, bis sie die Straße hinuntersehen konnte. Ashley beschleunigte ihre Schritte und hastete zu einem Taxi, das an der Ecke parkte. Als sie es erreicht hatte, riss sie die Tür auf und zwängte sich in den Fond, als hätte es dort auf sie gewartet.

Was auch garantiert der Fall ist, dämmerte es Sydney. Der Inhalt des Päckchens schien zu wertvoll zu sein, um sich mit ihm durch die Hotel Street zu wagen. Ashley muss das Taxi bestellt haben, um sicherzugehen, die Gegend sofort nach der Übergabe wieder verlassen zu können. Hilflos blickte Sydney dem davonbrausenden Auto hinterher. Dann schoss sie aus ihrem Versteck und sprintete zu ihrem geparkten Wagen.

Nach etwa vier Blocks hatte sie das Taxi eingeholt. Sydney hielt einigen Abstand, um nicht entdeckt zu werden. Zwei Kilometer später bog sie in eine Seitenstraße, kurz darauf dann noch einmal in die nächste, und befand sich nun auf einer Straße, die parallel zu der, auf der das Taxi fuhr, verlief. Auf diese Weise ging sie zwar ein Risiko ein, weil sie den Wagen jetzt nur noch an Kreuzungen sehen konnte, aber das Risiko, sonst bei der Verfolgung entdeckt zu werden, war größer. Außerdem war sie ziemlich sicher, dass Ashley nach Waikiki zurückfuhr.

Einen Block vor dem Hotel hielt das Taxi auch tatsächlich an und Ashley stieg aus. Sydney stellte ihren Mietwagen in der nächsten freien Parklücke ab und beobachtete hinter dem Lenkrad, wie Ashley den Fahrer bezahlte und davonging. Sie wirkte jetzt viel entspannter als in Chinatown. Ihre Schritte klackten auf dem Asphalt, als sie zum Ende des Blocks eilte, wo sie den Hut abnahm und ihre Haare schüttelte. Sydney schlüpfte aus dem Wagen und folgte ihr vorsichtig in einiger Entfernung. Die breite Hotelzufahrt bot nicht viel Deckung, und selbst wenn sie eine plausible Lüge für ihre Anwesenheit parat hätte, würde Ashley ihr wahrscheinlich nicht glauben.

Als die Lobby in Sichtweite kam, versteckte sich Sydney nicht mehr. Ashley stand bereits vor den Aufzügen, und zu dieser späten Stunde gab es keinen Portier mehr. Als sie sich dem Eingang näherte, sah sie zwar noch einen Mann an der Rezeption, doch der würde keinen Verdacht schöpfen, wenn sich Hotelgäste in der Lobby aufhielten. Sydney beobachtete, wie sich jetzt die Aufzugtüren öffneten und Ashley eine der Kabinen betrat.

Sydney rannte durch die Eingangshalle und erreichte die

Aufzüge gerade noch rechtzeitig, um zu sehen, dass Ashley nach unten fuhr.

Nach unten?

Alle Gästezimmer lagen in den oberen Stockwerken! Die einzigen Räume unterhalb der Lobby waren die Konferenzräume, ein Festsaal, das Mineralbad ...

Ashley wird das Päckchen direkt hier weitergeben!, durchfuhr es sie.

Sydney sprintete zum Treppenhaus und rannte im Wettlauf mit dem Aufzug ein Stockwerk hinunter. Als er nicht hielt, nahm sie wieder die Treppe und lief ins nächst tiefere Geschoss. Diesmal stieg Ashley tatsächlich aus und ging zum Fitnessraum. Mit dem Zimmerschlüssel öffnete sie die Glastür, wo einige einsame Trainingsgeräte in der Dunkelheit standen. Ohne einen Blick an sie zu verschwenden, ging Ashley an ihnen vorbei Richtung Umkleideraum.

Was jetzt?, fragte sich Sydney.

Ihr in den Fitnessraum zu folgen, würde nur Ärger bedeuten. Aber wenn sie ihr nicht folgte, würde Ashley – mitsamt dem Päckchen – vielleicht durch einen unbekannten Ausgang verschwinden. Sydney ließ alle Vorsicht fallen und stürzte hinterher.

Im Umkleideraum brannte kein Licht, nur ein hellrotes »Ausgang«-Schild spendete etwas Helligkeit. Sydney erkannte die Duschkabinen an der Wand und parallel dazu, in der Mitte des Raumes, mehrere Reihen von hohen Spinden. Aber Ashley war nirgendwo zu entdecken. Da hörte Sydney leise Geräusche bei den Spinden ganz hinten. Die Nerven bis zum Zerreißen gespannt schlich sie weiter, spähte um die Ecke – und zog hastig ihren Kopf zurück.

Ashley stand vor einem offenen Spind und verstaute ihre Tasche darin.

Sydney kroch zur nächsten Duschkabine und versteckte sich in der dunklen Nische. Sie hörte, wie die Spindtür zugeworfen wurde und Ashley das Schloss überprüfte. Anschließend herrschte eine volle Minute Stille. Sydney spürte, wie sie unruhig wurde. Doch dann entfernten sich Ashleys Schritte Richtung Trainingsbereich. Als die Tür zum Fitnessraum zufiel, atmete Sydney erleichtert auf. Was auch immer in diesem Päckchen war, es gehörte schon so gut wie ihr.

Leise schlüpfte sie aus ihrem Versteck und steuerte direkt auf die Schränke in der letzten Reihe zu. Sie gehörten zu der Sorte, die Vierteldollars verschluckten, ehe sie einen Schlüssel freigaben – und es gab nur einen, an dem der Schlüssel fehlte. Sydney streifte ihren Rucksack ab, zog einen Allzweckdietrich aus der Tasche und machte sich an dem Schloss zu schaffen. Sekunden später hatte sie die Tür geöffnet.

Mit klopfendem Herzen nahm sie die Einkaufstasche, griff hinein und zog das eingewickelte Päckchen heraus. Ihre Finger fummelten an dem Papier und rissen es ungeduldig auf.

Wamm!

Der brutale Schlag gegen ihren Hinterkopf ließ Sydney sofort zusammenbrechen. Sie prallte auf den kalten, gefliesten Boden, und vor ihren Augen wurde es langsam dunkel. Sie versuchte sich zu drehen, zu kämpfen, zumindest bei Bewusstsein zu bleiben ...

Das Letzte, was sie sah, bevor sie ohnmächtig wurde, war ein verschwommenes Gesicht umrahmt von blonden Haaren.

KAPITEL 12

»Nein, Wilson. Es ist noch früh«, murmelte Sydney. »Lassen Sie mich wenigstens einmal ausschlafen.«

Ihre Zunge fühlte sich zu groß für ihren Mund an, und gegen ihre Wange drückte etwas Hartes. Sie versuchte die Decke über ihren Kopf zu ziehen, um das Wachwerden ein paar Minuten hinauszuschieben, aber ihre Hand griff ins Leere.

Plötzlich setzte ihre Erinnerung ein. Adrenalin schoss in ihren Blutkreislauf, beschleunigte ihren Herzschlag und ließ sie die Augen aufreißen. Sie lag auf dem kalten Fliesenboden des Fitnessraums, und ihrer Armbanduhr nach zu urteilen, war sie schon ziemlich lange hier.

»Der Prototyp!«, keuchte sie und setzte sich abrupt auf.

Der Raum neigte sich vor ihren Augen wie ein sinkendes Schiff. Einen Moment glaubte sie, sich übergeben zu müssen. Ihr Kopf pochte vor Schmerz, und als sie ihn berührte, fühlte sie eine große, empfindliche Beule hinter ihrem rechten Ohr. Aber die Haut war nicht aufgeplatzt – kein Blut –, und nach ein paar langsamen, konzentrierten Atemzügen befand sich auch der Boden wieder in der Waagerechten. Sydney griff nach ihrem Rucksack und zog ihn zu sich heran.

Mit zitternder Hand überprüfte sie den Inhalt des Rucksacks: Sonnenschutzcreme, Sonnenbrille, eine halb zusammengefaltete Karte und – zu ihrer völligen Überraschung – der Prototyp! Das T-Shirt, mit dem sie die Box umwickelt hatte, um sie zu tarnen, war nicht entfernt worden. Der kleine Koffer war nach wie vor ungeöffnet, Schloss und Siegel intakt.

Wie konnte Ashley ihn übersehen haben?

Wahrscheinlich war sie so darauf erpicht gewesen, ihr eigenes Päckchen in Sicherheit zu bringen, dass sie sich nicht die Mühe gemacht und nachgesehen hatte ...

Sydney blickte sich um. Ihr Kopf pochte immer noch bei jeder Bewegung. Die Spindtür über ihr stand nach wie vor offen. Nur mit ungeheurer Anstrengung kam sie auf die Knie, dann langsam auf die Beine.

Der Spind war leer.

Das Päckchen war verschwunden.

Es dauerte eine weitere halbe Stunde, bis Sydney sich kräftig genug fühlte, um zum Aufzug zu gehen. Selbst als sie zum sechzehnten Stock hinauffuhr, stand sie noch etwas schwankend in der Kabine.

Der Korridor war still und leer, aber Sydney ließ sich davon nicht beirren. Sie marschierte geradewegs auf Ashleys Tür zu und hämmerte mit aller ihr noch zur Verfügung stehenden Kraft dagegen.

Dass schon kurz darauf geöffnet wurde, ersparte ihr Mühe, die Tür einzutreten.

»Sydney!«, rief Gretchen. Der ängstliche Ausdruck in ihrem Gesicht verwandelte sich in Verärgerung. Sie trug einen Bademantel über ihrem pinkfarbenen Babydoll, und auf ihrer Stirn war getrocknete, orangefarbene Pickelcreme zu erkennen. »Was soll der Lärm? Weißt du, wie spät es ist?«

»Ich muss mit Ashley sprechen«, sagte Sydney und drängte sich ins Zimmer. Eins der Betten war zerwühlt; das andere unberührt.

»Ashley ist nicht hier«, erklärte Gretchen und stemmte ihre Hände in die Hüften. »Und es mag eine Überraschung für dich sein, aber: Ich habe bereits geschlafen.«

»Ich muss mit ihr reden. Wo ist sie hingegangen?«

Gretchens Augen verengten sich zu Schlitzen. »Hast du getrunken?«

»Ein bißchen.« Diese Entschuldigung war nicht besser

oder schlechter als irgendeine andere. »Ich will nur ... Kannst du mir sagen, wo sie ist, Gretchen? Bitte!«

Gretchen überlegte, warf dann den Kopf in den Nacken und setzte sich auf das ungemachte Bett. »Ashley ist nach Hause geflogen.«

»Nach Hause?« In Sydneys Kopf pochte es wieder schmerzhaft, als sie zu verstehen versuchte.

»L.A.«, erwiderte Gretchen. »Du erinnerst dich an L.A.?«

»Das versteh ich nicht. Sie hat einfach gepackt und ist nach L.A. geflogen?«

»Jemand hat sie angerufen – irgendein Notfall in der Familie. Sie sagte nur, dass sie weg müsse, und ging.«

Eine Schutzbehauptung, ganz klar.

»Was für ein Notfall?« Obwohl Sydney wusste, dass es eine Lüge war, hoffte sie trotzdem auf irgendeinen Hinweis. »Ist jemand krank geworden?«

Gretchen zuckte die Schultern. »Das hat sie nicht gesagt. Ashley ist immer etwas eigenartig. Geheimnistuerisch. Du verstehst?«

»Ja«, nickte Sydney. »Ich weiß.«

»Ich finde, du solltest nicht ins Wasser gehen«, sagte Francie besorgt und beugte sich von ihrem Badetuch zu Sydney hinüber. »Nicht mit dieser Beule an deinem Kopf.«

»Es ist nichts«, widersprach Sydney und wehrte die Hand ihrer Freundin ab. »Und wir werden es keinem sagen, verstanden?«

Um ihr plötzliches Verschwinden vom Pool am vergangenen Abend zu erklären, hatte Sydney Francie erzählt, dass sie auf einen dieser fruchtigen Drinks zur Strandbar rübergegangen sei, dort einen Typen kennen gelernt habe, der ihr anschließend noch etwas Stärkeres spendiert hatte, und sie dann ziemlich angetrunken gegen einen Laternenpfahl gelaufen sei. Francie hatte nicht gewusst, ob sie überrascht oder wütend sein sollte – bis sie die Beule unter Sydneys

Haaren ertastet hatte. Nur mit Mühe hatte Sydney ihr eine Fahrt in die Notaufnahme ausreden können.

»Aber gib mir nicht die Schuld, wenn du im Schlaf stirbst«, hatte Francie schließlich gemurmelt und aufgegeben.

Jetzt, nach einem langen Schlaf, in dem sie dem Tod auch nicht anheim gefallen war, fühlte sich Sydney bereits viel besser. Sie hatte ihren schwarzen Bikini angezogen und war zusammen mit den anderen zum Strand gegangen. Die Schwestern hatten beschlossen, dass sie die Inseln auf keinen Fall verlassen konnten, ohne zumindest den *Versuch* gemacht zu haben, zu surfen. Und es schien, als wären an diesem Nachmittag auch tatsächlich alle AKC-Mädchen dort.

Alle bis auf Ashley.

Sydney konnte noch immer nicht glauben, dass Ashley wirklich fort war, aber Roxy hatte sie dieselbe Geschichte über einen Notfall in der Familie erzählt – und nachdem diese wiederum die anderen Mädchen informiert hatte, schien niemand Zweifel daran zu haben.

»He, Sydney! Kommst du mit?«, rief Roxy in diesem Augenblick den Strand hinauf. »Du kannst dieses Brett haben.« Sie stand tropfend im seichten Wasser, unter dem Arm eins der gemieteten Surfbretter. Kristallblaue Wellen umbrandeten ihre Waden und ließen das ruhige Meer eher wie ein riesiges Badebecken statt wie einen Ozean wirken. Ein paar der anderen Schwestern waren weit genug draußen, um auf ihren Brettern zu paddeln und lachten über ihre ungeschickten Versuche, auf den höchstens fünfundzwanzig Zentimeter hohen Wellen zu surfen, die Richtung Strand rollten.

»Das Wasser ist fantastisch!«, fügte Roxy aufmunternd hinzu. »Du solltest es wirklich versuchen.«

Sydney zögerte, eine Hand auf dem Rucksack an ihrer Seite. Aber da Ashley von der Bildfläche verschwunden und alle Verbindungsmädchen am Strand waren, konnte ja niemand den Prototypen stehlen. Also legte sie ihr Badetuch über den Rucksack, stand auf, streckte sich und bohrte ihre Zehen in den warmen, weißen Sand.

»Okay, ich probier's«, sagte sie. »Wenn du versprichst, nicht zu lachen.«

Roxy schüttelte den Kopf, sodass glitzernde Tropfen aus ihren langen Haaren flogen. »Von wegen«, meinte sie kichernd. »Warum solltest du eine Vorzugsbehandlung bekommen?«

»Willst du es auch versuchen, Francie?«, fragte Sydney.

Francie funkelte sie missbilligend von ihrem Badetuch aus an. »Nein.«

Roxy trug das nasse Surfbrett den Strand hinauf und ließ es vor Sydneys Füßen fallen. »Du bist dran. Ich bin erledigt.«

Sydney bückte sich, um es aufzuheben, als das Klingeln eines Handys sie erstarren ließ. Das SD-6-Telefon war in ihrem Rucksack.

»Uups! Ich fürchte, das ist meins«, sagte Roxy. Sie nahm ein Handy aus ihrer Strohstrandtasche und hielt es zwei Zentimeter von ihrem nassen Ohr entfernt. »Hallo?«

Sydney spürte, wie die Anspannung wieder aus ihrem Körper wich.

»Willst du wirklich reingehen?«, nutzte Francie die Unterbrechung und blickte Sydney kritisch an. »Du bist wahnsinnig!«

»Komm schon, Francie. Wenn ich an einer Gehirnerschütterung sterben würde, wäre es schon gestern Nacht passiert.«

Sie hatte gehofft, dass ihre Bemerkung witzig klingen würde, aber Francies Miene verfinsterte sich nur um so mehr. »Ich erkenne dich in der letzten Zeit kaum noch wieder.«

Sydney warf Roxy einen nervösen Blick zu, aber die Präsidentin der Verbindung hatte ihnen den Rücken zugedreht. »Nein ... Das gibt es nicht«, hörte Sydney sie mit leiser Stimme sagen. »Was soll jetzt geschehen?«

»Francie«, begann Sydney mit erzwungener Ruhe, »können wir die letzte Nacht bitte vergessen? Wir sind nur noch zwei Tage hier. Können wir nicht einfach versuchen, Spaß zu haben?«

»Glaubst du etwa, dass ich das nicht die ganze Zeit versuche?«, fauchte Francie zurück.

Sydney senkte ihre Stimme zu einem Flüstern. »Können wir wenigstens aufhören, uns hier zu streiten?«

Francie zuckte jedoch nur mit den Schultern und wandte den Blick ab.

Roxy beendete ihr Telefonat. »Ihr werdet es nicht glauben!«, rief sie und drehte sich wieder zu ihnen um. Ihre Augen waren aufgerissen, ihr Gesicht vor Aufregung gerötet.

»Was?«, fragte Sydney und spürte, dass es sich um etwas Ernstes handeln musste.

»Ashley wurde heute Morgen am Flughafen von Honolulu verhaftet. Sie ist im Gefängnis!«

Francie keuchte vor Verblüffung. »Weswegen?«

»Drogenschmuggel!«, berichtete Roxy atemlos. »Könnt ihr das glauben?«

Nein, dachte Sydney. Ich nicht.

KAPITEL 13

Sydney raste mit ihrem Mietwagen zum Gefängnis. Sie konnte noch immer nicht fassen, dass Ashley wirklich verhaftet worden war. Aber unmöglich konnte es sich um eine weitere Schutzbehauptung handeln – sie ergäbe keinen Sinn. Warum sollte Ashley ihren Ruf in der Verbindung ruinieren? Doch nur, wenn sie nicht die Absicht hatte, noch einmal zurückzukommen ...

Denn jetzt kann sie nicht mehr zurückkommen, dachte Sydney. Nicht nach diesem Zwischenfall.

Was auch immer noch passieren mochte, Ashleys Tage bei Alpha Kappa Chi waren von nun an gezählt.

»Ich wusste es!«, hatte Keisha verkündet, als sich die Schwestern nach dem Anruf versammelt hatten, um die Nachricht zu hören. Dicht gedrängt standen sie zusammen, das Wasser tropfte noch aus ihren Haaren auf den warmen Sand, und sie sahen sich mit großen Augen an.

»Du wusstest es nicht«, protestierte Roxy daraufhin.

»Okay. Ich wusste es nicht *genau*«, gab Keisha zu. »Aber irgendetwas hat mit ihr nicht gestimmt. Sie war nie wirklich eine von uns.«

»Du hast Recht«, bestätigte Katie. »Kein Alphamaterial.«

Die Mädchen murmelten beifällig. Ashleys spektakulärer Sturz schien die meisten eher zu erregen als zu schockieren.

»Aber wartet, bis die Leute im College davon hören«, wandte Kira besorgt ein.

»Oh, wow!«, stöhnte Lee Ann. »Das wird hässlich.«

Selbst Gretchen, die doch eigentlich Ashleys Freundin war, schüttelte den Kopf. »Ich habe immer gesagt, dass sie eigenartig ist. Ich meine, nicht, dass wir uns besonders nahe standen.«

»Das Wichtigste ist jetzt die Schadensbegrenzung«, warf Roxy schließlich ein. »Ashley hat getan, was sie getan hat, und damit muss sie leben. An uns liegt es nun, dafür zu sorgen, dass sie nicht die gesamte Schwesternschaft mit nach unten zieht.«

Ihre Bemerkung wurde mit wildem, Zustimmung signalisierendem Fingerschnippen quittiert. Die Schwestern schlugen so viele Ideen vor, wie man den Ruf von AKC aufpolieren könne, dass Sydney den Eindruck hatte, sie würden sich auf den Skandal regelrecht freuen.

»Liegt es nur an mir?«, flüsterte Francie und zog Sydney zur Seite. »Oder wirken sie wirklich irgendwie ... glücklich?«

»Es bricht zumindest definitiv niemandem das Herz«, antwortete Sydney genauso leise. »Es scheint, als sei ich nicht die Einzige, die Ashley nicht besonders gemocht hat.«

»Aber sie ist ihre *Schwester*«, meinte Francie aufgebracht. »Ich meine: Sie haben sie sich bewerben lassen, sie haben sie aufgenommen. Bedeutet das denn nichts? Wir kennen nicht einmal ihre Seite der Geschichte!«

Sydney nickte. »Ich verstehe, was du meinst.« Wenn die Schwestern Ashley nicht unterstützten, gab es auch keinen Grund zu der Annahme, dass sie jemals Francie helfen würden. Oder Sydney.

»Weißt Du was?«, ergriff Sydney die Gelegenheit. »Ich werde mich absetzen. Ich werde behaupten, dass ich Kopfschmerzen oder so habe, und mit einem Taxi zum Gefängnis fahren. Nur um zu sehen, ob es wirklich stimmt oder ob Ashley unsere Hilfe braucht.«

Sie hatte erwartet, dass Francie protestieren würde, aber ihre Freundin wirkte erleichtert. »Ich komme mit.«

»Nein«, widersprach Sydney hastig. »Bleib du besser hier und stütz meine Kopfschmerzgeschichte. So wie sich alle im Moment aufführen, möchte ich lieber nicht, dass sie wissen, wohin ich will.«

»Aber das ist nicht okay. Warum schicken wir nicht Gretchen? Oder Roxy?«

Sydney zuckte mit den Schultern. »Ashley und ich ... waren wenigstens immer ehrlich zueinander. Ich will einfach herausfinden, was wirklich passiert ist.«

»Wann kommst du zurück?«

»Ich habe keine Ahnung. Aber es könnte spät werden, in Ordnung? Versprichst du mir, nicht in Panik zu geraten?«

Francie lächelte. »Du bist *wirklich* eine gute Freundin. Weißt du das?«

Wenigstens hat Francie diesmal meinem Alibi zugestimmt, dachte Sydney, als sie jetzt den letzten Kilometer zum Gefängnis fuhr.

Nach dem Gespräch war sie noch schnell ins Hotelzimmer hochgeschlichen, hatte Jeans und ihre Sneakers angezogen und den Prototypen in dem Topf mit der Seidenorchidee auf der Fensterbank versteckt. Ganz wohl fühlte sie sich nicht dabei, ihn zurückzulassen, aber diese Option schien ihr klüger, als ihn mit durch die Sicherheitskontrollen im Gefängnis zu nehmen. Außerdem hatte sie die Box tief in den Topf gesteckt und die künstliche Pflanze und das Moos wieder so angeordnet, dass nur ein Profi ihn finden würde. Und selbst wenn der Anruf bei Roxy ein Trick gewesen war und Ashley gar nicht im Gefängnis saß, schien es Sydney unwahrscheinlich, dass sie sich zurück ins Hotel wagen würde.

Sydney stellte das Auto ab und betrat die Polizeiwache, darauf vorbereitet zu hören, dass Ashley nie dort gewesen sei. Aber sie war dort. Und nach einigem Hin und Her wurde Sydney zu ihrer Zelle geführt.

»Ashley?«

Sydney war geschockt, als sie sie auf der anderen Seite des Gitters erblickte. Ashley saß mit blassem Gesicht auf dem Rand einer harten Metallpritsche und barg ihren Kopf in den Händen. Ihre Haare waren ungekämmt und zerzaust, und als sie ihr tränenüberströmtes Gesicht hob, bemerkte Sydney zum ersten Mal, wie viel Make-up sie gewöhnlich trug. Ungeschminkt sah sie viel jünger aus. Jung und verletzlich.

»Du musst doch jetzt zufrieden sein«, begrüßte sie sie ausdruckslos. Ihre Stimme bebte, aber sie wirkte nicht überrascht. Als hätte sie Sydneys Kommen erwartet. »Bist du hier, um dich an meinem Anblick zu ergötzen?«

»Eigentlich bin ich ziemlich erstaunt, dass du hier bist. Roxy hat allen erzählt, dass du wegen Drogenschmuggels verhaftet worden bist.«

»Ja, ich wette, du warst richtig erstaunt«, sagte Ashley sarkastisch und wandte das Gesicht ab. »Wahrscheinlich hätte man dich auch mit einer Feder niederschlagen können.«

Doch Sydney ignorierte die Bemerkung; sie hörte etwas anderes neben den Worten.

»Ich *wusste*, dass du einen Akzent hast!«, erwiderte sie und ging damit auf den ungewohnten, leicht näselnden Tonfall in Ashleys Stimme ein. »Diese snobistische Bel-Air-Attitüde habe ich dir nie abgekauft. Du solltest deinem Hundeführer sagen, dass du noch mehr Übung brauchst.«

Ashley drehte sich mit verblüffter Miene wieder zu Sydney. »Meinem Hundeführer?«

»Oder wer auch immer dir die Akzente beibringt. Denn ich muss dir sagen, deiner ist Mist.«

»Großartig.« Tränen traten in Ashleys Augen, und diesmal versuchte sie nicht, sie zu verbergen. »Was für einen Unterschied macht das jetzt noch? Niemand wird je wieder mit mir reden. Ich bin für immer draußen aus AKC. Wahrscheinlich werde ich das College wechseln müssen.«

»Hä?« Das erschien Sydney nun wirklich das geringste Problem zu sein.

»Du hast Recht«, sagte Ashley bitter, nun mit noch viel stärkerem Akzent, der verriet, dass sie aus einer armen Region des Südens stammte. »Wenn ich aus dem Gefängnis komme, wird jeder, den ich kenne, längst seinen Abschluss gemacht haben.«

Sydney lehnte sich verwirrt an das Gitter. Mit einer derartigen Reaktion hatte sie am wenigsten gerechnet. Auf der einen Seite redete Ashley zu viel – selbst ein Grünschnabel von Spion wusste, dass man den Mund halten und warten musste, bis die Firma die Sache regelte. Andererseits hatte sie Ashleys schauspielerische Fähigkeiten bereits kennen gelernt. Heckte das Mädchen irgendeinen Plan aus?

»Seien wir ehrlich«, meinte Sydney. »Den Abschluss zu machen war nie wirklich dein Ziel.«

Ashley warf ihr einen Blick zu, der völlige Verachtung ausdrückte. »Für dich bin ich nur eine arme weiße Proletin, nicht wahr?«

Sydney war so verblüfft, dass sie nicht antwortete.

»Du bist wie alle anderen, beurteilst ein Mädchen nach Dingen, für die sie nichts kann. Okay, ich habe Drogen verkauft. Na und? Wenn deine Mutter von ihren ›Freunden‹ lebt und dein Vater so wertlos ist wie meiner, *dann* kannst du über mich urteilen. Wie hätte ich sonst das College bezahlen können? Wie hätte ich sonst den Alphas beitreten können?« Ashley wischte ihre Tränen ab und schüttelte trotzig den Kopf. »Mir ist es egal. Was auch immer sie mir jetzt antun werden ... wenigstens einmal war ich jemand. Ich war Ashley Evans, und glaube mir, dass ist verdammt noch mal viel besser, als Claralee Barker zu sein.«

Sydney musste sich hinsetzen, aber es gab hier keinen Stuhl. Haltsuchend griff sie nach den Gitterstäben.

»Du hast deinen Namen geändert?«

»Als wüsstest du das nicht längst«, fauchte Ashley. »Ich habe alles geändert. Jede Kleinigkeit, die man sich mit Geld kaufen kann. Meinen Namen, woher ich komme, wie ich aussehe, wie ich spreche ...«

Doch plötzlich verließ sie der Trotz und sie schluchzte heftig auf. »Aber ich konnte nicht ändern, wer ich war. Ich schätze, aus meiner Haut kann ich nicht raus.«

»Also war das Päckchen, das du gestern Nacht hattest ...«, begann Sydney schließlich nach einem Moment.

»Es hätte mir Geld für die nächsten paar Monate verschafft. Ich hätte es nur nach L.A. bringen müssen. Keine weiteren Anrufe mehr mitten in der Nacht. Keine weiteren ...« Ashley verstummte plötzlich. »Müsste nicht eigentlich ein Anwalt dabei sein?«

»Nicht, wenn du mit mir sprichst.«

»Oh, richtig. Denn *du* wirst es ja keinem erzählen.« Ashley rang sich ein zynisches Lächeln ab. »Wie auch immer. Du machst nur deinen Job.«

»Meinen Job?«

»Hör zu, da ist noch etwas, das ich dir sagen will.« Ashleys Stimme bebte. »Es tut mir Leid, dass ich dir auf den Kopf geschlagen habe. Ich ... bin einfach in Panik geraten. Ich habe so etwas noch nie zuvor getan und ... wahrscheinlich glaubst du mir nicht, aber ich bin kein gewalttätiger Mensch. Manchmal ist man einfach gezwungen ...«

Sie barg ihren Kopf wieder in den Händen. »Was auch immer«, wiederholte sie.

Sie wirkte völlig deprimiert, bar jeder Hoffnung.

»Wenn dies der Entschuldigungsteil des Programms ist – was ist mit dem, was du mir auf dem Boot angetan hast?«, fragte Sydney.

»Du meinst, als ich sagte, dass Francie über Bord gegangen ist?« Ashley hob müde den Kopf. »Ich war betrunken. Ich dachte wirklich, sie wäre ins Wasser gefallen.«

Sydney hatte den Angriff auf der *Eagle* gemeint, aber das vergaß sie jetzt. »Du ... hast es wirklich geglaubt?«

»Es war nicht unmöglich«, erwiderte Ashley trotzig. »Da war ein lautes Platschen. Roxy hat es auch gehört. Um genau zu sein, sie hat mich gefragt, ob jemand fehlt.« Ashley seufzte tief auf. »Sie werde ich am meisten vermissen. Roxy war immer so nett. Ich meine ... nach ein paar Dingen, die sie sagte, glaube ich, dass sie Bescheid wusste. Aber sie hat mich nie beschuldigt. Im Gegensatz zu Jen, die mir gedroht hat, mich anzuzeigen, wenn ich nicht damit aufhören würde. Jen gab sich immer *so* verständnisvoll, aber sie verstand überhaupt nichts. Wie konnte sie auch? Ein paar von uns haben einmal das Haus ihrer Eltern besucht – es war unglaublich, sie sind unvorstellbar reich. Und für Jen war alles völlig normal. Man konnte erkennen, dass sie von Geburt an immer alles bekommen hatte, was sie wollte ...«

»Moment. Jen wusste, dass du Drogen verkaufst?«

Ashley zuckte die Schultern.

»Deshalb hast du sie umgebracht«, stieß Sydney anklagend hervor.

»Was? Nein!« Ashleys Entsetzen wirkte echt. »Gott, nein. Jen ist an einem Asthmaanfall gestorben.«

»Aber du wolltest sie tot sehen«, sagte Sydney, nun doch etwas unsicher.

»Du bist verrückt!«

Sydney kam sich allmählich tatsächlich verrückt vor. Nichts passte zusammen.

»Ich werde nicht mehr weiter mit dir reden«, erklärte Ashley mit einem Mal. Ihre alte Hochmütigkeit war zurückgekehrt. »Es ist eine Sache, eine Drogenfahnderin zu sein, aber wenn du mich des Mordes beschuldigst ...«

»Du hältst mich für eine *Drogenfahnderin*?«

Ashley lachte bitter. »Es ist ein wenig spät, um die Unschuldige zu spielen. Außerdem wirst du keinen sonst bei AKC schnappen können. Niemand sonst dealt dort, und wenn doch, dann hätte Roxy sie auch gewarnt.«

»Roxy ... Roxy hat dich vor mir gewarnt?« Sydney hatte das Gefühl, an einem Puzzle zu arbeiten, bei dem eine ganze Reihe von Teilen fehlte. »Sie hat gesagt, dass ich eine Drogenfahnderin bin?«

Ashley lächelte ein wenig selbstgefällig. »Vielleicht mochte sie mich mehr, als ich dachte. Oder sie mochte dich nicht so sehr, wie du dachtest. Du hast wirklich geglaubt, sie wäre deine neue Freundin, nicht wahr? Ich will dir etwas sagen. Roxy ist viel gerissener, als du ahnst.«

Die Erkenntnis traf Sydney wie ein Schlag, löschte alles andere aus.

Roxy.

Nein.

Roxy!

Wenn Ashley wirklich nur eine kleine Dealerin war, bedeutete dies, dass es noch immer eine gefährliche Person bei AKC gab. Eine Schwester, die Sydney nie verdächtigt hatte.

Roxy war diejenige, die mich darauf aufmerksam gemacht hat, dass Ashley regelmäßig verschwindet, durchfuhr es sie wie ein Blitz. Sie hat uns von Anfang an gegeneinander ausgespielt.

Und Roxy hat meine Aufnahme in die Verbindung durchgesetzt. Wenn sie ... wenn sie Jen ermordet hat ... wird sie darauf gewartet haben, dass jemand wie ich auftaucht.

Und wenn sie mich die ganze Zeit im Auge behalten hat ... Das war Roxy auf der *Eagle*!

»Ich muss gehen«, stieß Sydney hervor und wandte sich vom Gitter ab.

Roxy hatte wie ein Profi mit ihr gespielt – und sie hatte ihr keine Sekunde lang misstraut. Die witzige, umgängliche Präsidentin hatte sie völlig übertölpelt. Ihre Freundschaft gewonnen, ihr Vertrauen ...

Und ich habe den Prototypen im Hotel zurückgelassen!

Sydney sprintete durch den Korridor zu ihrem Hotelzimmer und rechnete damit, dass es wieder verwüstet war. Jede Sekunde fügte sich ein weiteres Teil des Puzzles in das Gesamtbild ein. Sie war jetzt sicher, dass es Roxy gewesen war, die ihr Zimmer durchsucht und den Verdacht auf Ashley gelenkt hatte.

Und ich bin damit direkt zu ihr gerannt, dachte Sydney. Ihr wurde übel, als ihr Roxys Vorschlag einfiel, den Sicherheitsdienst des Hotels zu informieren. Sie wusste, dass ich das nicht tun würde. Sie wusste alles!

Sydneys Hände zitterten, als sie ihren Zimmerschlüssel ins Schloss steckte. Auf das Schlimmste vorbereitet, stieß sie die Tür auf.

Alles war genauso, wie sie es hinterlassen hatte.

War das möglich?

Wie gelähmt blieb Sydney in der Tür stehen. Sie konnte es nicht begreifen. Warum hatte Roxy nicht nach dem Prototypen gesucht?

Sie stolperte in den Raum und sah sich nach irgendeinem Anzeichen dafür um, dass ihn jemand durchsucht hatte. Aber alles schien an seinem Platz zu sein. Sie ging zu der Topforchidee und riss die Seidenblume heraus.

Der Prototyp war verschwunden.

Sie hatte es getan. Es war Roxy.

Nur eine gut ausgebildete Spionin konnte einen Raum durchsuchen, ohne Spuren zu hinterlassen. Wenn Sydney nicht mit Ashley gesprochen hätte, hätte sie nie herausgefunden, was vor sich ging, und den Verlust vielleicht stundenlang nicht bemerkt – mehr als genug Zeit für Roxy, um sich mit ihrem Kontaktmann zu treffen und das Gerät zu übergeben. Die ganze Sache wäre vorbei gewesen, bevor Sydney sie überhaupt verdächtigt hätte.

Möglicherweise hätte ich sie *nie* verdächtigt ...

Sydney ließ die Orchidee fallen, rannte zum Aufzug und stürmte, als die Kabine nicht kam, ins Treppenhaus. In rasender Geschwindigkeit rannte sie die sechzehn Stockwerke hinunter und platzte mit einem wilden Ausdruck auf dem Gesicht in die Lobby. Auf der Außenterrasse entdeckte sie Keisha, die mit einem Mann flirtete.

»Keisha!«, rief sie, das Gespräch unterbrechend. »Wo ist Roxy?«

Keisha wies durch die Lobby zum Ausgang des Hotels. »Sie ist vor fünfzehn Minuten einkaufen gegangen. Was ist denn mit *dir* los?«

Sydney antwortete nicht, sondern lief durch den Eingangsbereich hinaus auf die Straße und sah sich verzweifelt um.

Roxy hatte den Prototypen und einen Vorsprung von fünfzehn Minuten.

Und Roxy war verschwunden.

KAPITEL 14

Die Kleidungsstücke flogen in alle Richtungen, als Sydney über Roxys Schrank im Hotelzimmer herfiel. Ihre fieberhafte Suche war alles andere als subtiles Vorgehen – es war die reine Verzweiflung, die sie antrieb. Nachdem sie kapiert hatte, dass sie einen nuklearen Prototypen an einen unbekannten Feind verloren hatte, war sie ohne jede Vorsicht in Roxys Zimmer eingebrochen. Nur das Glück hatte verhindert, dass sie von anderen Hotelgästen dabei ertappt worden war, wie sie sich mit einem Dietrich am Schloss zu schaffen gemacht hatte.

Sydney wandte sich vom Schrank ab und riss die oberste Schublade der Kommode heraus. Roxy hatte ihre ganze Kleidung zurückgelassen, was darauf hindeutete, dass sie zurückkommen wollte. Die obere Schublade war mit Badeanzügen voll gestopft; die mittlere enthielt Shorts und diverse Oberteile. Und in der unteren, hinter den Pyjamas und Jogginghosen, lag eine schulterlange blonde Perücke! Sydney nahm sie heraus, um sie näher zu betrachten, und schnitt eine Grimasse, als so ein weiteres Geheimnis gelöst wurde.

Es war Roxy, die ich in jener Nacht in Pearl Harbor gejagt habe!, durchfuhr es sie. Sie hat diese Perücke immer getragen, wenn sie mir nachspionierte, damit ich denke, sie wäre Ashley, falls ich sie entdecke.

Wütend warf Sydney die Perücke beiseite. Der Trick hatte hervorragend funktioniert. Trotz all des Spezialtrainings war ihr nicht aufgefallen, dass ihre persönliche Abneigung gegen Ashley ihr Urteilsvermögen getrübt hatte. Schlimmer noch, sie hatte Roxy vertraut, einfach weil sie so nett war.

Weil sie nett *wirkte,* korrigierte sich Sydney. Erst jetzt dämmerte ihr, dass sie kaum etwas über sie wusste.

Als sie mit der Kommode fertig war, nahm sie das Bett auseinander und überprüfte anschließend die Vorhänge, das Bad, die Abfalleimer. Sie wusste nicht einmal, wonach sie suchte. Wenn sie nur irgendetwas finden würde, irgendeinen kleinen Hinweis darauf, wohin Roxy gegangen war ...

Auf einem Block neben dem Telefon lag ein Hotelkugelschreiber. Sydney riss das oberste Blatt ab, rannte mit ihm zum Fenster und suchte nach Abdrücken, die sich beim Schreiben auf den fehlenden oberen Blättern auf die nächsten durchgedrückt hatten. Unter den Kringeln und Kritzeleien konnte sie sieben Zahlen erkennen.

Eine Telefonnummer!

Es gab keine Garantie, dass sie irgendetwas mit Roxy zu tun hatte, aber es war der einzige Hinweis, den sie hatte. Ihr Herz klopfte wie wild, als sie ihr SD-6-Handy aus dem Rucksack nahm und wählte.

»*Oahu Helicopter Charters*«, flötete eine Frauenstimme am anderen Ende der Leitung.

»Ja ... ich, äh ... Was für eine Art Geschäft betreiben Sie?«, stieß Sydney hervor. »Ich meine, vermieten Sie Hubschrauber? An Leute, die selbst fliegen?«

»Wir vermieten an lizensierte Piloten, die unseren Kriterien entsprechen.« Die Stimme der Frau verriet deutlich, für wie unwahrscheinlich sie es hielt, dass Sydney zu dieser Gruppe gehörte.

»Das meine ich.« Sydney griff nach dem Kugelschreiber. »Wo finde ich Sie?«

Sydney fuhr wie eine Verrückte durch Zuckerrohr- und Ananasfelder und raste das letzte Stück über die unbefestigte Straße, die zu dem Hubschrauberverleih führte. Der Wagen schlingerte auf den Parkplatz vor dem niedrigen Metallgebäude und die Räder wirbelten roten Staub auf, aber ihre Augen waren auf das Rollfeld gerichtet, wo sich die Rotorblätter eines zweisitzigen Hubschraubers langsam zu drehen begannen.

An den Kontrollgeräten saß eine Pilotin. Durch das hintere Fenster des Helikopters konnte Sydney deutlich ihre leuchtend roten Haare erkennen. Sie bremste abrupt ab, sodass der Wagen rutschend auf dem Kies zum Stehen kam, sprang heraus und sprintete über das Rollfeld, während die Landekufen der Maschine gerade vom Boden abhoben.

Der Hubschrauber war knapp zwei Meter hoch in der Luft, als Sydney nahe genug war, um zu springen. Mit aller Kraft stieß sie sich ab und betete, dass sie stark genug war, um sich festzuhalten, während sich ihre Hände um die Kufe auf der leeren Passagierseite schlossen.

Die Maschine schwankte unter der plötzlichen Gewichtsveränderung, und Sydney schaukelte wie eine Puppe hin und her. Fast hätte sie den Halt verloren, doch dann gelang es ihr, die Füße nach oben zu schwingen und ein Bein über die Kufe des rasch steigenden Hubschraubers zu legen. Mit aller Kraft klammerte sie sich verzweifelt fest und fand dann kauernd Halt an einer der senkrechten Kufenverstrebungen.

Sieh nicht nach unten, mahnte sie sich, vor Angst ganz benommen. Der Horizont schwankte. Ihr Magen zog sich zusammen. Sie konnte nicht fassen, was sie gerade getan hatte. Aus ihrer jetzigen Perspektive schien der Helikopter bewegungslos zu schweben, während die grünen Felder unter ihr immer weiter zurückfielen und sich dabei drehten.

Hör auf hinunterzublicken!

Sie nahm allen Mut zusammen und streckte die Hand langsam nach der Passagiertür aus. Aber es gelang ihr nicht, den Griff zu erreichen. Er war noch zu hoch. Sie richtete sich auf und presste ihren Oberkörper an den glatten Metallrumpf der Maschine. Zum ersten Mal war ihr Kopf auf Höhe des Fensters, sodass sie hineinschauen konnte.

Roxy sah direkt zu ihr herüber. Die Blicke der beiden Frauen trafen sich durch das Glas. Sydney blieb nur eine

Millisekunde, um den völlig veränderten Gesichtsausdruck ihrer vermeintlichen Freundin zu erkennen. Dann lächelte Roxy sardonisch, legte einen Hebel um – und der Helikopter stürzte steil in die Tiefe.

Sydneys Beine gaben nach, und auf der verzweifelten Suche nach Schutz kauerte sie sich wieder an die Kufenverstrebung. Roxy stieg erneut in die Höhe und scherte nun nach links aus. Sydney wusste immerhin so viel über Helikopter, dass sie sich in zwei Dingen sicher war: Es gab Grenzen, wie radikal man mit ihnen manövrieren konnte, und Roxy legte es mit ihren Flugmanövern eindeutig darauf an, dass sie in den Tod stürzte.

Der Hubschrauber scherte jetzt nach rechts aus und gewann an Geschwindigkeit. Tief unter ihnen wichen die Felder Gebäuden: Roxy steuerte die Küste an. Die Maschine sank, stieg dann, sank wieder – und jeder plötzliche Richtungswechsel ließ Sydney fast den Halt verlieren. Mit aller Kraft klammerte sie sich fest. Nach ein paar weiteren abrupten Manövern flog Roxy schließlich geradeaus weiter, Richtung Meer, und beschleunigte. Sydney konnte der Versuchung nicht widerstehen und schaute nach unten, wo ein Korallensandstrand zu sehen war. Sie wollte nicht einmal schätzen, wie hoch sie inzwischen waren – oder wie schnell Roxy flog.

Der Sand wich der See, und je weiter sie hinausflogen, desto dunkler wurde das Blau des Ozeans. Sydney hielt sich weiter an der Kufe fest, ohne noch einmal zu versuchen, erneut nach der Tür zu greifen. Sie beobachtete, wie die Sonne immer weiter unterging. Wenn sie jetzt abstürzte, würde sie die ganze Nacht schwimmen müssen.

Vorausgesetzt, ich überlebe den Sturz, dachte sie mit einem Blick in die Tiefe. Was nicht sehr wahrscheinlich ist.

Etwa zwei Kilometer vor Koko Head steuerte Roxy nach links und flog parallel zur Küste, östlich um die Südspitze der Insel herum. Sydneys Finger waren bereits fast taub vor Kälte und Anstrengung. Der Wind peitschte ihr die losen

Strähnen ihres Pferdeschwanzes ins Gesicht und ließ Tränen in ihre Augenwinkel steigen. Während die Sonne sich immer weiter dem Horizont näherte, verdrängte Sydney ihre Angst und die Schmerzen, indem sie zu erraten versuchte, wohin der Flug führte.

Südöstlich von Oahu lag eine Reihe weiterer hawaiianischer Inseln: Molokai, Lanai, Maui und Kahoolawe. Sydney bezweifelte, dass sie sich noch so lange würde festhalten können, bis sie auf einer von ihnen landeten. Aber mit jeder weiteren Minute merkte sie, dass diese offenbar ohnehin nicht ihr Ziel waren, denn Roxy folgte weiter der Küstenlinie und flog jetzt fast nach Norden.

Ein Rendezvous mit einem Schiff wäre eine Möglichkeit. Das müsste aber ein großes Schiff mit einem Hubschrauberlandeplatz und zahlreichen feindlichen Agenten an Bord sein, gegen die Sydney keine Chance hätte. Einen Moment überlegte sie, ihr SD-6-Handy aus dem Rucksack zu holen und Wilson anzurufen.

Aber er würde ihr auch nicht helfen können.

Und sie wagte es nicht, auch nur einen Finger von der Verstrebung des Helikopters zu lösen.

Plötzlich scherte die Maschine nach links aus und verlor an Höhe. Und dort, direkt vor ihnen, überragte der felsige Gipfel einer abgelegenen kleinen Insel die Wellen, ungefähr zwei Kilometer vor Oahu.

Sie will dort landen!

Sydneys Herz raste. Es war schon schwierig genug gewesen, auf einen startenden Helikopter zu springen, aber von ihm hinunterzukommen, würde noch schwieriger sein. Wenn sie nicht im genau richtigen Moment absprang, war ihre Chance, wie ein Käfer zerquetscht zu werden, ziemlich groß. Der kahle Boden der winzigen Insel kam immer näher und näher, rot und öde. Es gab keine Bäume, keine Blumen, kein Gras.

Ganz gleich, wann sie sprang, es würde eine verdammt harte Landung werden.

Sydney machte sich auf das Schlimmste gefasst und bereitete sich auf den Absprung vor. Ihr Selbsterhaltungstrieb riet ihr, es bei der ersten Gelegenheit zu tun, die sich bot, selbst wenn es bedeutete, dass sie sich ein Bein brach. Ihre Ausbildung mahnte sie jedoch, noch zu warten. Wenn sie zu früh sprang, konnte Roxy einfach wieder hochsteigen und sie gestrandet zurücklassen. Sydney musste sicher sein, dass die Maschine wirklich landen würde.

Zwischen widerstreitenden Impulsen hin und her gerissen, wartete Sydney ab. Der Helikopter schien sich nicht mehr zu bewegen, während der Boden ihr entgegenraste. Sie wagte es nicht, sich umzudrehen – und das bedeutete, dass sie zwischen den Kufen abspringen musste, unter dem Hubschrauber. Wenn Roxy den Sinkflug mit der derzeitigen Geschwindigkeit fortsetzte, gab es keine Garantie, dass Sydney aus dem Gefahrenbereich rollen konnte, ohne zerquetscht zu werden. Sie balancierte ihr Gewicht auf den Zehen und konzentrierte sich. Atmen, atmen ...

Jetzt!

Zwei Meter über dem Boden sprang Sydney von der Kufe. Bei der Landung verdrehten sich ihre Sneakers in der unebenen Lava, und der Aufprall erschütterte ihre Beine. Als jetzt der Helikopter über ihr aufsetzte, fiel sie nach vorn. Rechts und links von ihr bohrten sich knirschend die Landekufen in den steinigen Boden, und die Rotorblätter wirbelten einen erstickenden, stechenden Sturm aus Staub auf. Am ganzen Körper verkrampft und noch völlig benommen von ihrem Ritt auf der Kufe, zwang Sydney ihre Beine, sich zu bewegen und sie unter dem Kopter zu der Tür auf der linken Seite zu tragen. Sie streckte die Hand nach dem Griff aus, da flog die Tür jedoch von innen auf.

Sydney wich stolpernd zurück, als Roxy aus dem Cockpit sprang und in Kampfhaltung vor ihr landete. Sie trug ein eng anliegendes blaues Tanktop, schwarze Jeans und einen Rucksack. Die von dem rotierenden Propeller aufgewühlte Luft bauschte ihre losen Haare zu einer Wolke auf. Die Augen fest auf Sydney gerichtet, wartete Roxy darauf, dass ihre Gegnerin den ersten Schritt machte.

»Ich will nicht mit dir kämpfen, Roxy«, schrie Sydney. Ihre Worte wurden vom Wind weggerissen. »Gib mir einfach zurück, was du dir genommen hast.«

»Den Nuklear-Prototypen?« Roxy lachte auf. »Das glaubst du doch wohl selber nicht, *Schwester.*«

Aus Roxys Mund klang das Wort jetzt wie etwas Beleidigendes, Schmutziges. Sydney stand einer völligen Fremden gegenüber. Was es ihr allerdings ein wenig leichter machte, das zu tun, was sie tun musste.

Sie ging zum Angriff über und schoss eine Reihe von Schlägen und Tritten ab – von denen jedoch keiner sein Ziel fand. Ihre Schläge wurden abgeblockt; ihre Tritte trafen nur die Luft.

Und dann war Roxy an der Reihe.

Sie attackierte Sydney, die noch um ihr Gleichgewicht kämpfte, und hämmerte ihr einen wuchtigen Hieb gegen den Hinterkopf. Sydney wirbelte herum, aber nur, um Roxys Fuß in den Unterleib zu bekommen. Vor Schmerz zusammengekrümmt, schnappte sie nach Luft. Da griff Roxy erneut an, packte sie unter den Armen und riss sie mit erstaunlicher Kraft von den Beinen, um sie in Richtung der bedrohlich rotierenden Propellerblätter zu hieven.

Sie will mich töten!, durchfuhr es Sydney. Um den Prototypen zu kämpfen, war eine Sache, aber dass es jetzt um ihr eigenes Leben ging, damit hatte sie nicht gerechnet.

Sydney duckte sich und stach nach den Augen ihrer Gegnerin. Roxy ließ sie so abrupt los, dass Sydney auf den Boden fiel. Bevor sie wieder auf die Beine kommen konnte, war Roxy bereits davongerannt.

Sydney rappelte sich auf und folgte ihr den Hang aus losem Vulkangestein hinunter. Tief unten konnte sie den Ozean sehen, grau im immer schwächer werdenden Abendlicht. Roxy wurde schneller und sprang von Stein zu Stein hinab zur Küste. Eine Landzunge aus Basalt, die die Form eines langen, gekrümmten Fingers hatte, ragte dort ins Meer und diente als natürlicher Wellenbrecher. Roxy rannte direkt auf ihre Spitze zu. In diesem Moment entdeckte Sydney auch das leere, graue Boot, das dort im Schatten schaukelte. Es war vertäut und wartete. Und Roxy war nur noch ein paar Meter entfernt.

Sydney zwang ihre schmerzenden Beine trotz des zerklüfteten Bodens unter ihren Füßen zu einem Sprint. Als Roxy das Boot erreichte, griff sie nach dem Tau und zog es zu sich heran. Der etwa vier Meter lange, offene Zodiac hatte an den Seiten aufblasbare Pontons, die V-förmig am Bug zusammenliefen; an dem flachen Heck befand sich ein riesiger Außenbordmotor. Roxy schwang ein Bein über den nächstliegenden Ponton, stolperte in das Boot und löste hastig die Vertäuung. Die Strömung war so stark, dass es bereits von den Felsen fortzutreiben begann, während Roxy sich umdrehte, um den Motor anzulassen. Sydney hatte inzwischen ebenfalls die Spitze der Landzunge erreicht, setzte zum Sprung an und landete auf dem harten Boden des Zodiac.

Die plötzliche Gewichtsveränderung brachte das kleine Boot fast zum Kentern. Roxy schwankte und griff Halt suchend nach dem Außenbordmotor. Sydney kam auf die Knie und entdeckte unter dem nächsten Ponton ein Holzruder. Sie packte es, sprang auf die Beine und stieß den Griff hart in Roxys Nieren. Keuchend vor Schmerz, ließ diese den Motor los und nahm schwankend Kampfhaltung ein. Sydney schwang das Ruder wie eine Keule und zielte mit der flachen Seite des Blattes nach Roxys Kopf.

Krachend traf es sein Ziel. Sydneys Magen zog sich zusammen, als sich die Vibration durch den Holzgriff auf ihre Hände übertrug. Für den Bruchteil einer Sekunde verschwand die Feindseligkeit aus Roxys Gesicht und wich Verblüffung. Dann verdrehten sich ihre Augen nach oben, und sie fiel bewusstlos in Sydneys Arme.

Über Sydneys Wangen liefen Tränen, als sie ihre ehemalige *Schwester* auf den Boden des Bootes legte und ihren Puls überprüfte. Erleichtert stellte sie fest, dass Roxy noch lebte. Einen Moment später stöhnte das Mädchen und bewegte leicht den Kopf. Sie würde nicht mehr lange ohnmächtig sein.

Sydney kroch nach vorn und fand einen Strick, mit dem sie Roxy an den Händen und Füßen fesselte. Das andere Ende befestigte sie an einem Ring auf den Bodenbrettern. Dann zog sie voll banger Hoffnung den Reißverschluss von Roxys Rucksack auf und blickte hinein.

Der Prototyp war dort. Ebenso Sydneys GPS-Empfänger.

»Du bist auch in meinen Wagen eingebrochen?«, rief Sydney empört.

Roxy stöhnte, aber Sydney hätte schwören können, dass auf ihren Lippen die Andeutung eines überheblichen Lächelns zu erkennen war. Sydney nahm ihr SD-6-Handy aus dem Rucksack und wählte Wilsons Nummer.

»Ich habe den Prototypen«, meldete sie.

»Ja. Ich weiß.«

»Oh, stimmt.« Wilson konnte ja nicht wissen, dass sie ihn zwischendurch nicht mehr gehabt hatte. »Ich muss ihn jetzt loswerden. Ist Ihr Boot schon eingetroffen?«

»Es liegt vor Honolulu Harbor. Ich wollte Sie anrufen, wenn es anlegt.«

»Sagen Sie ihnen, sie sollen nicht anlegen. Sie müssen mich auf dem Meer treffen.«

»Sydney, was ist los?«

Roxy setzte sich abrupt auf und warf ihr einen wütenden Blick zu.

»Die Dinge sind, äh ... kompliziert«, erwiderte Sydney. »Kann ich es später erklären?«

»Sagen Sie mir nur eins: Gibt es ein Problem?«

»Nur wenn Sie in einer feindlichen Agentin, die an den Boden eines Boots gefesselt ist, ein Problem sehen.«

»Das ist mein Mädchen!«, sagte Wilson. »In Ordnung. Also, wir gehen wie folgt vor. Haben Sie Ihren GPS-Empfänger?«

»Ja.«

Er teilte ihr die Koordinaten für das Treffen auf See mit, bei dem Roxy unbeobachtet übergeben werden konnte.

»Und, Sydney ...«, fügte Wilson hinzu, bevor sie auflegte. »Gute Arbeit! Ich bin stolz auf Sie.«

»Danke.«

Aber das Lob bedeutete ihr nicht mehr so viel wie früher. Außerdem konnte die zunehmende Dunkelheit nicht das Mädchen, das sie für ihre Freundin gehalten hatte und das jetzt auf dem Boden des Bootes lag, verbergen.

Sydney fand die Startschnur des Motors und zog so heftig daran, dass er sofort zum Leben erwachte.

Mit einem wachsamen Auge auf Roxy drehte sie das Boot und fuhr hinaus auf das offene Meer.

KAPITEL 15

Als die SD-6-Jacht in Honolulu Harbor einfuhr, funkelten bereits die Sterne. Doch Sydney konnte sie nicht sehen, da sie sich zusammen mit zwei anderen SD-6-Agenten unter Deck in einer schalldichten Kabine befand, um eine mürrische Roxy zu verhören.

»Wir wissen, dass Sie zum K-Direktorat gehören«, sagte Agentin Ramirez, eine ältere Geheimdienstoffizierin mit grauen Strähnen in ihren schwarzen Haaren. Sie hatte Sydney erzählt, dass ihre Spezialgebiete Psychologie und Verhörtechniken waren, doch bis jetzt hatten sich diese Fähigkeiten noch nicht bezahlt gemacht.

»Sie wissen gar nichts«, antwortete Roxy mit einem provozierenden Lächeln.

»Warum erzählen Sie es uns dann nicht?«, warf Agent Warren ein.

Warren, ein riesiger, einschüchternder Mann, sah mehr wie ein professioneller Wrestler als wie ein Undercover-Agent aus. Sydney wollte lieber nicht genauer darüber nachdenken, was seine Spezialität war, aber die Art, wie er mit den Knöcheln knackte, deutete auf einige unangenehme Möglichkeiten hin.

»Wir werden es herausfinden«, fügte er hinzu. »Auf die eine oder andere Weise.«

»Und mich vor Gericht stellen, stimmt's?«, höhnte Roxy. »Ich werde es für den Richter aufsparen.«

»Ich *bin* der Richter. Und diese beiden hier ...« Warren wies auf Sydney und Ramirez. »Sehen Sie in ihnen die Geschworenen.«

Roxy lachte verächtlich. »Schöne Geschworene. Sydney

könnte nicht einmal mit einem Vergrößerungsglas ihren eigenen Hintern finden.«

Sydney schäumte, aber Warren lächelte nur.

»Sie hat *Sie* gefunden, nicht wahr?«, erinnerte er spitz. »Und sie hat den Prototypen gefunden. Zwei Mal. Wenn das Inkompetenz ist, was ist dann Ihre Begründung?«

»Sie hat Glück gehabt!«, fauchte Roxy gereizt.

In diesem Moment ging ein Ruck durch die ganze Jacht. Ramirez sah auf ihre Uhr. »Wir haben angelegt. Und diese Unterhaltung führt zu nichts.«

»Lassen Sie mich allein mit ihr reden«, drängte Sydney die älteren Agenten. »Geben Sie uns nur ein paar Minuten.«

»Was hast du vor? Mich zusammenschlagen?« Roxy war an einen Stuhl gefesselt und konnte weder Hände noch Füße bewegen, aber ihr Tonfall klang völlig unbesorgt. »Ich zittere wie Espenlaub.«

Warren knackte vor Roxys Gesicht mit seinen Knöcheln. »Keine Sorge. Unsere Methoden sind viel effizienter. Kommen Sie, Ramirez.«

Er bedeutete der anderen Agentin, ihm aus dem Raum zu folgen, und zeigte mit einem Finger auf Sydney. »Sie haben zehn Minuten. Dann sind Sie draußen, und *ich* nehme die Sache in die Hand.«

Als Warren die Tür schloss, huschte ein Anflug von Angst über Roxys Gesicht, doch als sie merkte, dass Sydney sie beobachtete, kehrte der verächtliche Ausdruck wieder zurück.

»Nun gut. Nur ich und Agentin Bristow«, knurrte Roxy. »Oder sollte ich Möchtegern-Agentin Bristow sagen?«

»Ich bin in der Ausbildung, na und?« Sydney zog ihren Stuhl näher zu Roxy, bis nur ein schmaler Spalt zwischen ihren Knien war. Sie funkelten sich über die kurze Distanz so hasserfüllt an, als wären sie nie Freundinnen gewesen.

Wir *waren* nie Freundinnen, schärfte sich Sydney ein. Es war alles eine große Lüge.

Wieso spürte sie dann Tränen aufsteigen?

»Du hast Jen Williams getötet«, sagte Sydney jedoch im Ton eines Staatsanwalts, Zorn den Tränen vorziehend.

Roxys Lächeln war so kalt, dass sich Sydneys Nackenhaare aufrichteten. »Jen war ein wenig zu schlau für meinen Geschmack.«

»Sie ist dir auf die Schliche gekommen«, vermutete Sydney. »Und als deine Tarnung aufflog, hattest du keine andere Wahl als sie zu töten.«

»Es gibt immer eine Wahl«, antwortete Roxy philosophisch und legte den Kopf zur Seite. »Ich neige dazu, den einfachsten Weg zu gehen.«

Ein Schauder durchlief Sydney. Das Mädchen war eine kaltblütige Mörderin.

»Du hast dich also zu ihr geschlichen, während sie schlief, ihr ein Kissen aufs Gesicht gedrückt und sie erstickt«, sagte Sydney. Sie versuchte, die schreckliche Szene nicht vor ihrem geistigen Auge zu sehen.

»Ich bitte dich!« Roxy klang ehrlich gekränkt. »Das wäre ziemlich primitiv gewesen, nicht wahr? Gibt es dort, wo du arbeitest, keine Ärzte? Leute, die für dich etwas zusammenmischen können?«

Sydney verzog das Gesicht. War es also ein nicht feststellbares Gift gewesen? Oder vielleicht eine andere Substanz, eine, die eine asthma-ähnliche Reaktion auslöste?

»Jens Problem war, dass sie es hätte kommen sehen müssen«, fuhr Roxy fort. »Sie war nur halb so naiv wie du. Ich bezweifle zum Beispiel wirklich, dass Jen auf einer Cocktailparty gefragt hätte, ob ein totes Mädchen Atemschwierigkeiten gehabt hat. Das war ziemlich auffällig, Columbo. Was denkst du eigentlich, warum du bei AKC aufgenommen worden bist? Bestimmt nicht wegen deines Modegeschmacks.«

»Du hast es also gewusst«, murmelte Sydney entsetzt. Wie konnte sie nur so blind gewesen sein? »Die ganze Zeit wolltest du mich nur dort haben, um mich beobachten zu können ...«

»Und ich bin *überzeugt*, Jen hätte nicht vor zweihundert Leuten ihre Tarnung auffliegen lassen, nur weil ich eine Topfpflanze von einem Katamaran gestoßen und eine Betrunkene dazu gebracht habe zu sagen, dass das Platschen von ihrer besten Freundin käme, die über Bord gefallen sei.«

»Es war ... Du ... du hast eine Pflanze ins Wasser geworfen?«, stotterte Sydney.

»Eine große Plastikpalme. Ich war überrascht, dass niemand sie vermisst hat. Nicht einmal du.« Roxys Lächeln war so selbstgefällig, dass Sydney den plötzlichen Drang verspürte, sie zu schlagen.

»Und dann hast du Ashley eingeredet, dass es Francie war.«

»Eingeredet?«, höhnte Roxy. »Das ist ein Zwei-Dollar-Wort für ein Ein-Cent-Ereignis. Für den Fall, dass du es noch nicht bemerkt hast: Ashley ist nicht gerade die Hellste.«

»Ashley mag dich. Um genau zu sein, sie liebt dich. Du hättest ihr helfen können, aber stattdessen hast du sie benutzt.«

»Ashley!« Roxy spuckte den Namen regelrecht aus. »Bist du je einem erbärmlicheren Menschen begegnet? Verlierer wie Ashley verdienen, was sie bekommen. Sie wäre auch ohne meine Hilfe dort gelandet, wo sie jetzt ist.«

»Aber du wusstest, was sie macht. Du hättest sie zur Vernunft bringen können.«

Roxy blickte angewidert drein. »Was habe ich mit Ashley zu schaffen? Oder du, was das betrifft? Ich will ehrlich zu dir sein – ich glaube nicht, dass du es in dieser Branche weit bringen wirst.«

»Im Gegensatz zu Ihrer Mommy und Ihrem Daddy, nicht wahr, Oxana?«, fragte Agent Warren, als der just in diesem Augenblick zurück in den Raum kam. Er hielt ein verschlüsseltes Fax in der Hand und machte eine triumphierende Miene.

Roxy wurde weiß im Gesicht.

»Komische Sache, so eine DNS«, fuhr er fort. »Wir hatten Ihre nicht in unserer Datei, aber der Computer hat einen Blick darauf geworfen und die Profile Ihrer Eltern ausgespuckt. Wissen Sie, nach ihrem kleinen ›Unfall‹ hatten wir genug Zeit, Proben zu sammeln.«

»Ich bringe Sie um!«, kreischte Roxy und wollte aufspringen. Bei dieser Bewegung kippte jedoch nur ihr Stuhl um, und sie wand sich schreiend und windend auf dem Boden, voller Wut auf Warren, den sie nicht erreichen konnte.

»Sie kommen mit mir«, sagte Ramirez, ergriff Sydneys Arm und zog sie aus der Kabine. »Wir müssen diese Tür schließen.«

Das Letzte, was Sydney von Roxy sah, war, wie sie vor Zorn ausspuckte, mit den Zähnen knirschte und ihr Tränen über das wutverzerrte Gesicht liefen.

»Ich habe gerade die Röntgenaufnahme von Sulers Koffer gesehen«, erklärte Ramirez beiläufig. »Es ist alles drin und in tadellosem Zustand. Gratuliere!«

Hinter der massiven Tür hörte Sydney einen gedämpften Schrei. »Jetzt werden wir die Informationen bekommen, die wir haben wollen«, sagte Ramirez und nickte mit dem Kopf Richtung Tür. »Es ist alles nur eine Frage der richtigen Vorgehensweise.«

Sydney merkte, dass sie am ganzen Körper zu zittern begann. »Aber ... ich verstehe nicht.«

Agentin Ramirez nickte mitfühlend und tätschelte Sydneys Schulter. »Uns erging es genauso, bis wir diese Ergebnisse erhielten. Die Forschungsabteilung muss noch die Details ausarbeiten, aber wie es scheint, gehörten die Eltern Ihrer Freundin beide dem KGB an und waren in den Vereinigten Staaten stationiert. Oxana – Roxy – ist hier geboren und aufgewachsen. Als sie dreizehn war, wurden ihre Eltern bei einer gemeinsamen Mission getötet. Aber was danach passiert ist, wissen wir noch nicht.«

»Sie glauben, sie gehört zum FSB?« Der FSB, die russische Nachfolgeorganisation des KGB, war eine legitime

Behörde – im Gegensatz zu der Renegatengruppe des russischen Untergrunds namens K-Direktorat.

»Das bezweifle ich. Aber das K-Direktorat muss sie mühelos rekrutiert haben! Sie haben ihren Schmerz und Zorn benutzt, sie überzeugt, dass die CIA zwei unschuldige Menschen erschossen hat, und ihr dann die Gelegenheit zur Rache geboten, in dem sie ihr einredeten, dass sie etwas Großes für ihr wahres Vaterland leisten würde ...«

Ramirez' Miene wurde wehmütig, als hätte sie gern diesen Job gehabt. »Ein Kinderspiel, im Ernst.«

Aber Sydney konnte erkennen, dass sie es nicht ernst meinte.

»Ich brauche etwas frische Luft«, stieß Sydney erschüttert hervor.

»Warum verschwinden Sie nicht von hier und kehren in Ihr Hotel zurück?«, schlug die Agentin vor. »Sie haben hervorragende Arbeit geleistet, aber von jetzt an übernehmen wir.«

Sydney nahm den Vorschlag dankbar an. Sie stieg die Leiter zum Deck hinauf und nahm in ihrer Eile, von hier wegzukommen, kaum die Besatzungsmitglieder und anderen Agenten auf dem Schiff wahr. Selbst die kühle Nachtluft konnte nicht die Benommenheit aus ihrem Kopf vertreiben. Sie sprang auf den Pier und rannte davon. Sie spürte einen unglaublichen Schmerz, und sie wusste nur, dass sie einen stillen Ort finden musste. Einen Ort, wo sie nachdenken konnte. Und sich erholen.

Und weinen.

Von der Plattform des Leuchtturms aus beobachtete Sydney, wie das Schiff wieder in See stach. Es war tiefe Nacht, und auf der Jacht brannten nur die vorgeschriebenen Positionsleuchten, aber sie war sicher, dass das Schiff, das den Hafen verließ, jenes war, das Roxy und den Suler-Prototypen nach Los Angeles brachte.

Das Wissen bereitete ihr keine Freude. Alle hatten ihr gesagt, dass sie hervorragende Arbeit bei dieser Mission geleistet hatte, aber obwohl sie sich inzwischen etwas ausgeruht hatte, fühlte sie sich noch immer völlig niedergeschlagen.

Irgendetwas stimmte einfach nicht mit dieser Welt, wenn Mädchen ihres Alters in solche Schwierigkeiten geraten konnten. Sie wünschte, sie hätte sich niemals darauf eingelassen. Vielleicht verdienten Ashley und Roxy ja die Strafen, die sie bekamen ... aber warum musste sie daran beteiligt sein?

Immer, wenn sie die Augen schloss, sah sie Ashleys gebrochenes, tränenüberströmtes Gesicht und wusste, dass es nicht so weit hätte kommen müssen. Nicht, wenn jemand eingegriffen und sich um sie gekümmert hätte ...

Und Roxy ...

Ihr Magen zog sich jedes Mal zusammen, wenn sie sich Roxys Leben vorstellte. Sie hatte nicht vergessen, dass Roxy Jen getötet hatte. Aber sie kannte auch aus eigener Erfahrung den Schmerz, den der Verlust der Mutter bedeutete. Beide Eltern zu verlieren, und dann noch auf *diese* Weise ... Kein Wunder, dass Roxy dem K-Direktorat in die Hände fallen konnte. Es war erstaunlich, dass sie nicht den Verstand verloren hatte.

Vielleicht kann SD-6 ihr helfen, überlegte Sydney. Sie rehabilitieren oder etwas Ähnliches.

Aber ob Roxy nun ins Gefängnis oder in eine geheime Einrichtung kam, wusste Sydney nicht. Die CIA wollte offenbar noch so viel wie möglich von ihr erfahren. Würde sie kooperieren, könnte sie eine Goldmine neuer Informationen sein. Aber sicher würde es noch eine Weile dauern, sie zur Zusammenarbeit zu bewegen ...

Sydney schluckte die Tränen hinunter und wischte sich die Augen mit ihrem T-Shirt ab.

Eigentlich sollte man sich nicht so schlecht fühlen, wenn man etwas Gutes getan hatte.

Francie fragte sich wahrscheinlich schon verzweifelt, wo sie war, und inzwischen hatten vermutlich auch die anderen Schwestern ihre Abwesenheit bereits bemerkt. Die offizielle SD-6-Erklärung für Roxys Verschwinden war, dass sie zusammen mit Ashley gedealt hatte und deshalb verhaftet worden sei. Wilson konnte das arrangieren, und Roxy war nicht da, um diese Behauptung zu widerlegen. Trotzdem war die Vorstellung, ins Hotel zurückzukehren und den AKC-Schwestern diese Lüge aufzutischen, zu deprimierend, um näher darüber nachzudenken.

Überhaupt irgendetwas mit AKC zu tun, war zu deprimierend, um näher darüber nachzudenken.

»Sydney?« Eine leise Stimme hinter ihr ließ sie herumfahren.

»Noah?«

»Ich möchte dich darauf aufmerksam machen, dass ich mich diesmal nicht an dich herangeschlichen habe«, sagte er, als er näher trat. »Zumindest habe ich das versucht.«

»Was machst du hier?«, fragte sie ungläubig. »Wo kommst du her?«

»Ich war nie weg«, erwiderte er. »Ich sagte doch, dass ich ein paar Tage frei habe.«

Sydney konnte nicht fassen, dass er wirklich vor ihr stand. Seine Gegenwart kam ihr wie ein Wunder vor, wie etwas, das ihr erschöpftes Gehirn erfunden hatte, um der Realität zu entfliehen. Sie streckte eine Hand nach ihm aus, um sich zu vergewissern, dass er kein Trugbild an der Oberfläche einer Seifenblase oder so etwas war.

»Harte Nacht, was?«, fragte er mitfühlend.

»Wie hast du mich hier gefunden?«

Er zuckte die Schultern. »Ich rede mit Leuten. Ich höre Dinge. Als das Boot einlief, dachte ich mir, dass ich dich am Pier finden würde. Doch du warst nicht da, also habe ich weitergesucht.«

»Ich bin froh, dass du das getan hast«, erwiderte sie und versuchte, den Kloß in ihrer Kehle hinunterzuschlucken. »Ich wollte dir schon die ganze Zeit sagen ... dass es mir Leid tut, was an dem Abend passiert ist.«

Er winkte beruhigend ab. »Du warst beschäftigt. Ich hätte es besser wissen müssen.«

Dann trat er noch einen Schritt näher, nah genug, um ihr in die Augen zu sehen. »Ich dachte, jetzt, wo deine Mission vorbei ist ... Aber irgendwie sieht das hier nicht wie eine Party aus, nicht wahr?«

»Nein.« Sydney schniefte wieder, und ehe sie es verhindern konnte, flossen die Tränen. »Oh, Noah, ich weiß nicht mehr, was ich tue! Alles ist so durcheinander.«

Sie erwartete, dass er versuchen würde, ihr diesen Gedanken auszureden; dass er ihr wie alle anderen sagen würde, dass sie großartige Arbeit geleistet hatte. Aber stattdessen nahm er sie in die Arme.

»Ich fühle mich an vier von fünf Tagen so«, murmelte er in ihr Haar. »Das macht dich nicht zu einem schlechten Menschen.«

In Sydney stieg ein erleichtertes Lachen auf, blieb aber auf halbem Wege in ihrem Hals stecken und verwandelte sich in ein Schluchzen. Sie schlang ihre Arme um ihn und schmiegte sich an seine Brust, während ihr die Tränen die Wangen herunterrannen. Noah ließ sie weinen, war einfach da und hielt sie in seinen Armen. Irgendwie wusste sie, dass er genau verstand, wie sie sich fühlte.

Wie konnte ich auch nur daran denken, ihn durch Burke zu ersetzen?, fragte sie sich.

Burke war ein netter Kerl, aber er würde sie nie, niemals so gut kennen, wie Noah sie kannte.

Wie kann er auch, wenn ich ihm nichts erzählen darf?

Es kam ihr in diesem Augenblick völlig unmöglich vor, eine Beziehung mit jemandem einzugehen, der nie wirklich ein Teil ihres Lebens sein konnte. Sie konnte nicht glauben, dass sie es ernsthaft in Erwägung gezogen hatte.

Ich hätte es auch nicht getan, wenn Noah nicht so kalt gewesen wäre. Wenn er sich nicht so benommen hätte, als wollte er nichts mit mir zu tun haben ...

Dann wurde ihr wieder bewusst, dass er sich im Moment

ja überhaupt nicht so verhielt. Sydney unterdrückte die Tränen und blickte zu ihm auf. Der zärtliche Ausdruck, den sie auf seinem Gesicht erblickte, raubte ihr den Atem.

»Noah?«

»Ja?«

»Ich habe mich gefragt ...«

Sie spürte, wie sich seine Muskeln unter ihren Händen anspannten. Sie wusste, was er befürchtete: dass sie anfangen würde, Forderungen zu stellen, Ultimaten ...

»Ich habe mich gefragt«, wiederholte sie, »ob du mich jetzt küssen würdest?«

Seine Anspannung schmolz von einer Sekunde zur nächsten dahin. Er senkte sein Gesicht zu ihrem hinab. »Komisch«, sagte er mit rauer Stimme. »Ich habe mich genau dasselbe gefragt.«

Dann berührten sich ihre Lippen, hungrig und heiß, und sie waren wieder in Paris. Derselbe Sturm erfasste sie, dieselbe schmerzhafte Sehnsucht. Sydney strich mit ihren Händen durch seine Haare und seinen Rücken hinunter, um sich jeden Quadratzentimeter seines Körpers einzuprägen. Ihre Knie gaben nach. Noah war derjenige, den sie wollte, der Einzige, den sie jemals gewollt hatte.

Und als er seinen Mund lange Zeit später wieder von dem ihren löste und sie in seine Augen sah, spiegelte sich in ihnen all das, was sie gedacht hatte. Er konnte es nicht leugnen. Er versuchte es nicht einmal.

Er empfand genau wie sie.

KAPITEL 16

»Ich bin erledigt«, erklärte Francie, als sie den zerknitterten Inhalt ihres Koffers auf das Bett im Zimmer ihres Wohnheims kippte. »Wer konnte ahnen, dass es so anstrengend ist, Mitglied einer Studentinnenverbindung zu sein?«

Sie waren gerade von Oahu zurückgekehrt, und der lange Flug und die anschließende Busfahrt zum Campus waren in so bedrückter und niedergeschlagener Stimmung verlaufen, wie die Hinreise überschwänglich gewesen war. Die AKC-Schwestern waren von den Neuigkeiten über Roxy und Ashley noch immer geschockt. Keine hatte gewusst, was sie sagen sollte, und so waren sie größtenteils still gewesen – bis auf die arme Keisha, die während der ganzen Heimreise fast unentwegt geweint hatte.

Sydney leerte ihren eigenen Koffer und drehte sich dann zu ihrer Freundin um.

»Was die Verbindung angeht, Francie«, sagte sie. »Ich kann nicht länger Mitglied bleiben. Ich wollte es nicht vor den anderen Mädchen sagen, aber nach allem, was passiert ist …«

»Oh, Gott sei Dank!«, rief Francie und setzte sich neben den Haufen mit ihrer Wäsche. »Ich habe die letzten fünf Stunden damit verbracht, mir zu überlegen, wie ich dir dasselbe beibringen kann.«

»Hast du?«

»Ich hatte wirklich gehofft, dass es mir gefallen würde, aber es war schrecklich! Ich werde nie zu diesen Mädchen passen; sie wollten mich zuerst ja auch gar nicht haben. Und es liegt nicht am Geld, denn, mal ehrlich gesagt, die Menge, die sie haben, ist nach menschlichen Maßstäben doch völlig unnatürlich. Es war ihr völliger und totaler Mangel an Interesse an allem anderen außer sich selbst, mit dem ich nicht umgehen kann. Wenn man nicht die richtigen Sachen *trägt* oder die richtigen Dinge *sagt* oder das Richtige *tut* ... ich habe das Gefühl, in einem Straflager statt auf Hawaii gewesen zu sein. Und versteh mich nicht falsch, Sydney, aber du hast wirklich auch schon angefangen, dich zu verändern.«

Sydney lächelte verlegen. »Ich schätze, ich hätte wissen müssen, dass ich nicht geeignet bin für eine Verbindung.«

»Es lag nicht an dir; es lag an *ihnen*. Hättest du *mich* das Haus aussuchen lassen ...« Francie strahlte. »Vielleicht können wir im nächsten Herbst –«

»Denk nicht mal daran!«, unterbrach Sydney sie mit erhobener Hand. »Im nächsten Herbst will ich vergessen haben, dass all das passiert ist.«

Nicht, dass sie hoffte, damit Erfolg zu haben. Es würde sehr, sehr lange Zeit dauern, bis sie ihre Hawaii-Mission hinter sich lassen konnte. Dass sie sich in zwei verschiedenen Mädchen so sehr geirrt hatte, hatte ihren Glauben an ihre eigene Urteilskraft schwer erschüttert. Sie hatte Angst, dass sie von jetzt an niemandem mehr Vertrauen schenken konnte.

»Was machst du heute Abend?«, fragte Francie.

»Du meinst, abgesehen von der Wäsche?«

»Es ist Freitagabend.« Francie sah auf ihre Uhr. »Und es ist früh. Wir sollten in der Lage sein, eine bessere Idee als die Wäsche zu haben.«

»Was ist mit deiner Müdigkeit?«

Francie grinste verschmitzt. »Ich glaube, ich *sagte*, dass es die Mitgliedschaft in einer Studentinnenverbindung ist, die mich so müde macht. Plötzlich fühle ich mich viel besser.«

»Ich nicht. Ich werde meine Sachen einräumen, früh zu Bett gehen und mich morgen wieder in den Büchern vergraben.«

»Wow. Spannend. Wie wirst du nur die ganze Aufregung aushalten?«

In diesem Moment erklang ein lautes Klopfen an der Tür, und Sydney fuhr zusammen. Aber dann atmete sie tief durch.

Du bist zu Hause, du bist in Sicherheit, du bist bloß eine von vielen Collegestudentinnen, ermahnte sie sich.

Aber es fiel ihr immer schwerer, ins normale Leben zurückzukehren. Genauer gesagt: Seit sie bei SD-6 war, fragte sie sich immer häufiger, ob so etwas wie »normal« überhaupt existierte. Zumindest stand, was sie betraf, das ganze Konzept der Normalität auf dem Prüfstand.

»Mach auf!«, sagte Francie. »Du bist näher.«

Sydney ging zur Tür und riss sie auf. Vor ihr stand Burke – mit einem breiten, freudigen Lächeln auf seinem Gesicht.

»Willkommen daheim!«, sagte er und drückte ihr ein paar Gänseblümchen in die Hand. Dann küsste er sie auf die Wange und sie spürte das Kitzeln seines Stoppelbarts auf ihrer Haut. Die Art, wie er roch, verriet ihr, dass er vor kurzem geduscht und sich die Haare gewaschen hatte. Doch statt sich davon angezogen zu fühlen, erinnerte sein frischer Geruch Sydney nur daran, wie viele Stunden Reise sie hinter sich hatte. Er traf sie nicht im besten Moment an – oder auch nur halbwegs bereit, mit ihm zu plaudern.

»Burke! Was ist los?«, fragte sie und warf Francie einen erstaunten Blick über die Schulter zu. »Wir hatten doch keine Verabredung, oder?«

»Nein«, sagte er lächelnd. »Ich war so froh, dass du endlich zurückgekommen bist, dass ich dich überraschen wollte. Ich habe einen Tisch im *Velvet Vegan* reservieren lassen«, fügte er mit viel versprechender Miene hinzu. »Und das machen sie nicht für jeden.«

»Oh, nein«, rief Sydney lachend. »Das ist ein *sehr* nobles Restaurant.«

Burke nickte mit zufriedenem Grinsen. »Und auch romantisch. Ich sollte es dir wahrscheinlich nicht sagen, aber ich habe vor, dich so zu umgarnen, dass dir die Luft wegbleibt.«

Francie kicherte.

Burke steckte seinen Kopf durch den Türrahmen hindurch ins Zimmer und winkte ihr zu. »Hi, Francie.«

»Hi, Burke.«

»Du hast doch nichts dagegen, dass ich deine Zimmergenossin entführe, oder? Ich würde dich ja auch einladen, aber offen gesagt, würdest du meine Pläne ziemlich behindern.«

Sydney musste unwillkürlich lachen. Burke war so erfrischend ehrlich. »Du bist verrückt«, sagte sie und gab ihm einen Klaps auf den Arm. »Und danke für die Blumen. Aber ich weiß noch nicht, ob ich mit dir essen gehe.«

Seine Miene verdüsterte sich. »Ich hätte vorher anrufen sollen, nicht wahr?«

»Das ist es nicht. Es ist nur ...«

Wie sollte sie ihm so aus dem Stegreif sagen, was sie auf Hawaii entschieden hatte? Sie brauchte einen Plan, eine ausgefeilte Rede, damit sie trotzdem weiterhin Freunde bleiben konnten.

Und was auch immer sie sagte, sie würde ihm nichts von Noah erzählen können. Selbst Francie wusste noch nichts von ihm. Außerdem war zwischen ihnen beiden absolut nichts geklärt. Noah und sie hatten den Großteil der Nacht damit verbracht, zu reden und auf Honolulu spazieren zu gehen, aber keiner von ihnen hatte das *L*-Wort gesagt. Keiner von ihnen hatte von der Zukunft gesprochen. Sie waren schließlich Spione, und das machte die Zukunft zu einer unsicheren Angelegenheit.

Aber jetzt war da etwas zwischen ihnen. Etwas Definitives.

Burke abzuwimmeln war die richtige Entscheidung.

Trotzdem ...

Er wirkte so glücklich, sie zu sehen. Und es war schön, jemanden in seinem alltäglichen Leben zu haben, jemanden, der sich wirklich um einen sorgte. Jemand, der klug und witzig und ... ziemlich attraktiv war.

Nein, dachte sie. Tu es jetzt. Sag es ihm jetzt.

»Es ist nur so, dass ich nicht darauf eingestellt war, heute Abend in ein so feines Restaurant zu gehen«, erklärte sie jedoch ausweichend. »All meine Abendkleider sind in der Reinigung.«

»Das *ist* alllerdings ein Dilemma.« Sein Grinsen kehrte zurück. »Wo sind deine Bikinis?«

»Das würde dir gefallen, nicht wahr?«

»Ich kapier schon. Das ist eine Fangfrage. Stimmt's?«

»Geh ruhig«, mischte sich nun Francie ein. »Du musst etwas essen.«

Burke bot Sydney seinen Arm an, am Ellbogen gebeugt, als würde er sie auf eine hochoffizielle Veranstaltung begleiten wollen, und blickte sie erwartungsvoll an ...

Und Sydney hakte sich bei ihm ein.

»Bis später, Francie«, rief sie, als sie das Zimmer verließ. »Aber nicht *viel* später«, wandte sie sich dann an Burke. »Ich habe heute noch eine Menge zu tun.«

»Du hast Recht«, sagte er, während er sie durch den Korridor führte. »Nach einem opulenten vegetarischen Mahl werden wir ein altes Filmfestival in einem total prätentiösen Kunsthaus besuchen, mit dem ich dich beeindrucken will.«

»Ich kann nicht«, sagte sie und löste ihren Arm aus seinem.

Aber Burke hielt ihre Hand fest. *»Lawrence von Arabien«,* lockte er sie. »Mit einem braun gebrannten Peter O'Toole. Du *weißt,* dass du es willst.«

Und sie wusste es.

»Okay. Aber mehr nicht – nach dem Film gehe ich direkt nach Hause.«

»Richtig. Sofort nach dem Kaffee und dem Eis.«

»Du bist unmöglich!«

»Das kann sein. Aber magst du das nicht irgendwie?«

»Vielleicht«, räumte sie ein.

Ich werde es ihm trotzdem sagen müssen, dachte sie. Am besten im Restaurant. Nein, das wird den Film ruinieren. Ich werde es ihm hinterher sagen, beim Kaffee.

Sie sah in seine vertrauensvoll blickenden braunen Augen und fühlte sich schrecklich. Burke war immer nur nett zu ihr, während Noah ...

Ich *muss* es ihm nicht heute Abend sagen, durchfuhr es sie in diesem Augenblick. Ich meine, ich werde es ihm definitiv sagen. Aber vielleicht später.

»Es ist schön, dass du wieder da bist«, seufzte er. »Es ist wahrscheinlich nicht männlich, es zuzugeben, aber ich habe dich sehr, sehr vermisst.«

»Wirklich?«

»Jeden Tag.« Dann blieb er abrupt stehen, als wäre ihm gerade ein schrecklicher Gedanke gekommen. »Moment mal – ist das der Teil, wo ich mich eigentlich cool und unnahbar geben müsste? Wenn das nämlich so ist, möchte ich noch mal von vorn anfangen.«

Sein Grinsen war so ansteckend, dass Sydney zurückgrinsen musste. Ihr Herz schmolz dahin.

Heute Abend, Morgen, Übermorgen ... Gibt es wirklich einen Grund für eine derartige Eile?, fragte sie sich.

Noah hatte Recht, dass es eine *schlechte Idee* sei, wenn Agenten eine enge Beziehung eingehen.

Er sagte, es wäre nicht fair gegenüber den Menschen, die wir lieben, da ein Spion jeden Tag *sterben* kann.

Aber Roxy hat mich den wahren Grund gelehrt.

Es ist nicht fair, weil wir niemandem vertrauen können.

Absolut niemandem.

Niemals.

Neues von den Zauberhaften!

Magische Liebschaften
ISBN 3-8025-3316-X

Verschwörung in Walhalla
ISBN 3-8025-3315-1

Pipers Story
ISBN 3-8025-3320-8

Hexenblut
ISBN 3-8025-3319-4

Egmont vgs verlagsgesellschaft, Köln
www.vgs.de

ALIAS™
DAS SPIEL ZUR SERIE -
ERHÄLTLICH AB APRIL 2004
PlayStation®2
XBOX
PC CD-ROM
Touchstone Television
BUENA VISTA INTERACTIVE
Acclaim®
WWW.ACCLAIM.de